O PATUÁ DE OXUM

MARCUS VERAS

Dois homens,
uma estrada,
um só destino

O PATUÁ DE OXUM

numa

Esta história nasceu como um conto, virou argumento, depois roteiro para cinema, finalmente transmutou-se em novela. Trata de temas atuais, como a herança escravagista no Brasil, o preconceito racial, a perseguição às religiões de matriz africana, mas também da complexa relação entre um negro e um branco, das maravilhas da encantaria brasileira, da iluminação e do resgate da identidade numa estrada mítica e cheia de mistérios. Tive a ajuda de amigos e conhecidos que me deram informações preciosas, apontaram caminhos, corrigiram más interpretações. E as indispensáveis leituras nos livros do mestre Reginaldo Prandi (Professor Emérito da Faculdade de Filosofia, Letras e Ciências Humanas da USP).

Contei também com a força da cigana que no Templo Caminho da Paz aprovou o projeto, apoiou este velho ateu e me deu um patuá. Saúdo os orixás Omolu, Exu Abre Caminho e Mamãe Oxum, aqui protegendo nossa dupla de heróis. Salve o Humbono Rogério Olissa, que me reconectou ao sagrado. Homenageio dois filmes que adoro: *O Amuleto de Ogum* (Nelson Pereira dos Santos) e *A Via Láctea* (Luis Buñuel). Não sei se um dia chegará a ser filme. O que sei é que esta tarefa ressignificou meus dias com um conhecimento sobre o Brasil e muitos dos brasileiros que vivem e sofrem perseguições por sua cor ou religião. Por fim, dedico esta novela a Cacá Diegues, que teve a generosidade de apontar caminhos e soluções quando esta história era apenas um roteiro para cinema.

"O homem está aqui de passagem, faz isso, faz aquilo, depois acaba. Nada me enche os olhos a não ser a natureza."

Bartira, indígena guaianá, filha do cacique Tibiriçá.

"O mistério é essencial em qualquer obra de arte."

Luis Buñuel, cineasta (1900-1983).

"O Brasil é um país cada vez mais escravagista, onde os poucos que vivem muito bem não têm o menor compromisso social e humanista: querem e lutam sempre por situações de privilégio econômico e de poder."

Nelson Pereira dos Santos, cineasta (1928-2018).

"E boa noite, meus senhores / Boa noite, minhas senhoras / Sou eu, Sete Flechas / que cheguei aqui agora."

Candomblé de caboclo, Terreiro Inzo N 'kisi Mussambu.

"Eu vi mamãe Oxum na cachoeira
Sentada na beira do rio (bis)
Colhendo lírio, lírio ê
Colhendo lírio, lírio á"

Ponto de saudação.

I
A fuga de Bodião

A noite sem lua não impede a desesperada corrida de Bodião pela mata, onde há mais galhos do que folhas. No vigor de seus trinta anos, busca uma energia que aos poucos se consome na razão direta do percurso varado. Não poupa respiração — ao contrário, os pulmões buscam mais e mais ar - , premido pelo medo que o impulsiona à frente. Os pés desnudos cheios de feridas, as pernas lanhadas, o peito sangra porque os malditos galhos parecem feitos de tiras de chibata. Só o rosto ainda está incólume, mas o esforço já encheu de rugas a pele escura, a testa larga, as narinas escancaradas. Quanto faltará para atingir as margens do Rio Mucugezinho? Deveria ter calculado melhor a fuga, mas espicaçado pelo ódio a Tibúrcio deixou-se levar pelo impulso. E agora está em plena mata, boi bravo desembestado, o maldito capitão do mato em seu encalço. Xangô, meu pai, vai me tirar desta aflição? Lembra-se tardiamente do medo que sentiu, ainda menino, quando a furiosa tempestade se abateu sobre o navio negreiro que o trazia para o Brasil. Acorrentado no porão, sacudia de um lado para o outro no fétido negrume onde estava com mais sessenta ou setenta cativos. Esse barco vai afundar e vou morrer afogado, pensou então, e talvez não fosse má ideia, desde que a deusa das águas o acolhesse com ternura e rapidez, livrando-o do tormento que ainda estava por vir. Mas agora, homem feito, prefere viver, fugir daquela sina desgraçada na lavra da Fazenda São Tomé, sendo açoitado pelo demônio de nome Tibúrcio, negro com alma de branco, braço escolhido por Dom Belmiro para vigiar e punir. Tantos pensamentos distraem Bodião que não se dá conta de que na mata pouco a pouco rareia a galharia, e que num segundo já não tem onde se esconder, o leito do rio ainda muito distante. E nos parcos momentos em que cessa a corrida, o laço duro e áspero voa das mãos de Tibúrcio agarrando-o pelos ombros, imobilizando os braços. Jogado ao chão, revira-se para contemplar seu captor, montado em um grande cavalo branco, arcabuz trançado nas costas, calçolão largo, pés descalços nos estribos. Arrastado de volta à trilha, primeiro urra de dor, mas depois se conforma, é longo o braço da escravidão.

II
Pesadelo em Paquetá

Incessante, o vento traz um cheiro de peixe misturado aos eflúvios dos manguezais de Guapimirim. O verão castiga dia e noite a cidade maravilhosa, tornando quase irrespirável o ar impregnado de maresia. A noroeste da Baía da Guanabara, Paquetá, a ilha adormecida em seus muitos anos de história, sonha com José Bonifácio em exílio imperial, imagina-se nos braços da personagem que deu seu nome à pedra da Moreninha, chama os espíritos antigos para celebrar a Maria Gorda, velho baobá que há séculos enfeita sua orla. Perto do cemitério onde repousam tantas gerações, a casa caiada em branco exibe alguma luz pela janela da frente, emoldurada em batentes de cor azul petróleo. No quarto que dá para os fundos, deitado na pequena cama de madeira escura, o pequeno Baldwin remexe-se, o sono é inquieto. Protegido por uma estampa de Oxum que se destaca na porta que liga o quarto à sala, o menino e seus suores encharcam os lençóis, a fronha. Abre os olhos espantados e dá um grito ao sentar-se. Olha em volta, ninguém ao redor, só os poucos móveis de sempre, a velha fotografia de um avô que não conheceu sobre a cômoda, no batente da janela o sinuoso fio da fumaça de um incenso baila ao sabor do vento que as frestas da janela deixam penetrar. Trêmulo, deita-se novamente, com medo de fechar os olhos e voltar àquele sonho que já o persegue há algum tempo.

III
Rumo à Bahia

Antes mesmo de o Sete Estrelo chegar aos céus, o automóvel negro atravessa a encruzilhada vazia e toma o rumo norte. As Plêiades já exibem suas doze senhoras, e a Lua fizera o favor de estar em fase nova, liberando o horizonte e a vista da noite. É só paisagem e carro, e dentro dele dois homens e seus silêncios. No banco de trás, sonolento, Jeferson Cruz, o contratante, branco, 25 anos. Ao volante, atento, Baldwin Silva, o motorista, negro, 35 anos. No contraforte de uma pequena colina, pisca uma luz amarela, surge a pequena venda. Num gesto mecânico, Baldwin liga a seta e entra na pequena trilha à direita, estacionando junto à palhoça que abriga um balcão iluminado pela incerta luz de lamparina. Em uma cadeira antiga como ela mesmo, a velha senhora desperta com o ruído do automóvel e se acerca ao balcão para ver quem chega a esta hora da noite. O primeiro viajante é branco, magro, veste calças e grossa jaqueta jeans que algo oculta na cintura, camisa cinza, o rosto marcado por algumas rugas apesar da juventude. Logo atrás, um homem negro como ela, mais velho, calça larga, camisa de mangas compridas e arregaçadas, musculoso, sorriso pela metade, olhar matreiro.

— Água, a senhora tem?

— Só do filtro de barro, meu filho.

Enquanto ela providencia a bebida e os copos, Baldwin corre os olhos pelo exíguo espaço da venda. Pouca coisa na pequena vitrine, a velha geladeira de quatro pequenas portas ronrona, quase nada nas paredes, não fosse a velha imagem desbotada de uma entidade quase imperceptível de tão antiga.

— A senhora não tem medo de ficar sozinha neste cu de mundo? — Jeferson ajeita o coldre sob a jaqueta.

— Tenho não, meu filho, estou bem guardada.

— Falta muito para um posto de gasolina? — Baldwin sente o cheiro de ervas no ar..

— Não sei responder, só ando a pé...

Com os copos nas mãos, os dois homens caminham até a porta da venda, bebendo em pequenos goles.

— Então, já pode me dizer para onde vamos? — Baldwin coloca ênfase na pergunta.

Com uma careta, Jeferson joga fora o que restou da água antes de responder.

— Eu já disse, para a Bahia.

— Isso é bem vago, o estado é grande.

— Se a questão é dinheiro... — bate com mão no bolso da calça.

— Não é isso, você sabe, eu cobro por dia, quanto mais dias, mais dinheiro.

Jeferson saca um maço de cigarros do bolso, oferece a Baldwin, que recusa. Acende o cigarro, o isqueiro tem o escudo do Botafogo.

— Você nunca viajou assim, sem saber ao certo para onde vai? — pergunta após a primeira e longa tragada.

— Nunca fui à Bahia... só sei que minha mãe era de lá — Baldwin espia a noite estrelada.

— Ela está viva?

— Não, ela e meu pai já morreram.

— Então estamos iguais, minha mãe e meu pai acabaram de morrer.

— Caramba, meus pêsames. Acidente?

— Deixa pra lá.

Baldwin retorna ao balcão e devolve o copo, seguido por Jeferson.

— Quanto devo, tia?

Sorridente, ela leva as duas mãos ao rosto.

— Água não se vende, meu filho. Oraieieu!

Encostado ao umbral da entrada, Jeferson dá de ombros. Baldwin devolve o gesto, curva a cabeça e sorri de volta.

— Oraieieu.

IV
A roda da justiça

Muitos dormem na Fazenda Lavra São Tomé, menos os homens sentados ao pé da grande árvore, que ali estava desde antes que a família de Dom Belmiro se apossasse na marra daquelas terras, expulsando os nativos para as quebradas de Minas Gerais. Em meio a todos os cativos, são eles os homens que tomam as decisões para proteger seus ritos, a única realidade que restou da mãe África. Pertencem a diferentes nações, mas, sob o jugo da escravidão, a falta da liberdade os iguala na mesma dor. Concentrados, escutam o silêncio em busca de sinais de perigo. O tempo passa, apenas se ouve o vento, então Ovelha, o mais velho, sussurra.

— Xangô é meu Xangô, Xangô é Baluê, Xangô também veio do mar, Xangô também faz valer.

Em uníssono, mas em voz ainda mais baixa, Licurgo, Pedrulho e Carvão respondem em surdina.

— Lá no alto daquela pedreira, ouvi o grito de Xangô, Caô Caô Caô, Caô Cabiecilê — as vozes parecem desaparecer na folhagem.

Um sopro discreto balança suavemente a ramagem da velha árvore, como que aprovando o canto.

— Está na hora de reagir — Ovelha é o primeiro a se manifestar.

— Não é mais possível tanta desgraça, meu pai — Licurgo, poucos dentes na boca, tem um jeito curioso de falar, sibilando os esses.

— Quantos mais vão sofrer nas mãos desse desgraçado? Cumé qui pode, um irmão nosso? — o magro Pedrulho balança a cabeça para os lados, igual como faz ao incorporar seu santo.

— Irmão de quem? Meu? Seu? Irmão de ninguém, irmão do mal. Assassino. Já basta! — irado, Ovelha cospe e teme ter alteado a voz, despertando assim Tibúrcio que dorme em algum lugar seu sono de bêbado. Em seguida, enfia a mão na pequena sacola a seus pés e retira sete gravetos cuidadosamente cortados.

— Dois de nós vão arriscar o sangue para nos livrar deste demônio.

Cai um silêncio pesado na roda, todos olhando fixamente para a mão de Ovelha.

— Estes são os paus do destino. Cinco gravetos longos, dois curtos. O primeiro curto será o fugitivo. O segundo... fará a justiça.

— Que o Bodião aguente até lá — Pedrulho olha para o céu em busca de uma estrela qualquer.

A suave brisa que embala as folhas aumenta a intensidade quando o silencioso e tímido Carvão estende a mão ao centro da roda. Em algum outro lugar no tempo, uma salva de atabaques parece aprovar a decisão do conselho de escravos da Fazenda Lavra São Tomé.

V

Cada qual no seu caminho

Os faróis de cor amarelada costuram estranhos desenhos no asfalto rumo ao norte. Refestelado no banco de trás, Jeferson, a pequena lanterna na mão esquerda, esquadrinha um mapa. Gostaria de fumar um cigarro, mas Baldwin, ao aceitar o serviço, fora muito claro — não se fuma dentro de seu automóvel. Olha pela janela em busca de algum sinal, mas só vê sombras e escuridão. Tira do bolso lateral da mochila uma caneta e assinala no mapa uma cidade. Concentrado na estrada, Baldwin tenta não se distrair, mas o evidente coldre na cintura do seu cliente o preocupa.

— Bem, então é isso, vamos para Lençóis, na Chapada Diamantina — Jeferson estende para Baldwin o mapa.

— Hum, Lençóis — repete o motorista, ligando o pequeno aparelho de GPS para marcar a cidade.

— Preciso apanhar uma encomenda lá. Depois você segue sua vida e eu também.

— É um começo. Você é comerciante?

— Mais ou menos. O que foi que lhe disse aquela velha na venda?

— Sobre o posto de gasolina?

— Não, depois...

— Ah, foi uma saudação. Não cobrou a água.

— Umas palavras esquisitas.

— Vêm da África.

— Coisa de crioulo, não é?

Baldwin não responde, já está acostumado às tiradas sarcásticas quanto à negritude. A melhor resposta, quase sempre, é o silêncio. Olha para relógio no painel, pouco passa da meia-noite. Do nada surge um animal que cruza a estrada bem à frente do automóvel. Reflexos apurados, quica o pé no freio e puxa o volante para a direita. Com um violento ruído, o carro derrapa e vai se deter no acostamento.

— Caralho, que foi isso? — assustado, Jeferson tem as duas mãos no encosto do banco da frente.

— Um bicho atravessou a estrada.

Baldwin desliga o motor e desce para olhar se há alguma mossa na lataria. Jeferson, um pouco trêmulo, desce em seguida.

— Da próxima vez você atropela o filho da puta!

— Negativo. Vai amassar meu carro que ainda estou pagando. E sem mortes. Não mato bicho, não mato gente — diz, antes de perceber o pneu esquerdo dianteiro furado.

— Prefere morrer do que matar? Duvido, na hora do frege tu matas sim, meu bom.

— A vida é bem precioso, ninguém tem o direito de tirar.

— Falando assim parece crente... mas pela sua cor e pelo colar pendurado no retrovisor dá para ver que é macumbeiro. Não é?

Não é um colar, é uma guia, pensa Baldwin, mas prefere o silêncio, encaminhando-se para o porta-malas em busca do macaco e do pneu sobressalente. Irritado, Jeferson chuta uma pequena pedra, acende um cigarro e caminha meio sem rumo pela beira da estrada. Mais à frente, uma luz difusa chama sua atenção. Curioso, mas com cautela, pousa a mão no coldre, acaricia a coronha da pistola e segue até se deparar com um cruzeiro iluminado por algumas velas. Junto à cruz, um negro de cabelo todo branco varre as folhas ao redor, muito concentrado em sua tarefa. Na altura do peito, a camisa leva um bordado que Jeferson não consegue decifrar. A calça exibe marcas de barro na altura das canelas. Jeferson tira a mão da arma — aquele velho, vassoura de palha nas mãos, não oferece perigo algum.

— Boa noite, meu filho.

— Boa noite... O que está fazendo aqui sozinho a essa hora, meu tio?

— É minha obrigação manter este lugar limpo. E você, está indo para onde?

— Para a Bahia. Por essa estrada a gente chega lá, não é?

O velho voltou varrer com um pequeno sorriso.

— Ah, meu filho, cada um que ache seu caminho.

Jeferson se aproxima ainda mais do cruzeiro, contempla durante algum tempo a dança das chamas.

— O que são estas velas? Coisa de defunto?

O velho descansa a vassoura, tira do bolso da calça um cachimbo bem macerado, acende em um dos pavios.

— Muita gente necessitada. Essas chamas alumiam quem está no escuro e precisa de luz — diz, após uma densa baforada.

— Acredito em nada disso não...

— Cada qual acredita no que pode... ou consegue.

Um calor instantâneo toma o corpo de Jeferson, as chamas das velas bailam mais intensas, de repente já não está ali, mas longe, muito longe, escondido atrás da porta de seu quarto, abraçado à bola de futebol que ganhara no Natal do pai sempre ausente. No entanto, naquele instante, presente, como bem sabia sua mãe, apanhando na cozinha, gritos abafados. O som dos objetos se espatifando se engata ao choro de Odina, e Jeferson, não suportando mais a polifonia, enfia-se sob a cama, sempre abraçado com a bola, até que a quentura do mijo encharcando o calção traz um alívio momentâneo para o terror que se apossou de sua alma.

— Vamos, já troquei o pneu.

A voz de Baldwin traz Jeferson de volta à estrada, que sem perceber apalpa a braguilha para ver se está molhada. Em volta, a bruxuleante claridade das velas parece fazer a escuridão ondular..

— Vamos sim. Cadê o velho que estava aqui?

— Tinha um velho aqui? Vi não...

— Não estou maluco, tinha um velho todo de branco aqui, agora mesmo. Estava varrendo o chão.

— Este lugar é sagrado, vai que tinha alguém guardando as oferendas... Mas não é bom ficar assim dando mole no meio da estrada de noite.

Jeferson espicha os braços, bate no coldre.

— Tenho medo de porra nenhuma.

Como se a natureza o desafiasse, uma serpente se esgueira por trás do cruzeiro em direção à mata. Jeferson saca a pistola, mas o grito de Baldwin o deteve.

— Não, não atire!

— Por que não? É um bicho escroto, venenoso!

— Não fez nada contra você, só voltou para a mata...

— Você é um cara muito esquisito... — responde, colocando a pistola de volta no coldre.

— Você anda armado? É bandido ou polícia?

— Nem um nem outro, tenho porte e permissão, quer ver? — leva a mão ao bolso da jaqueta.

— Não precisa, só espero que você ande com ela bem guardada.

Retornam silenciosos ao carro, e, antes de partir, Baldwin busca no porta-luvas e em um gesto discreto leva ao pescoço uma outra guia com fios azul, verde e branco, fazendo par com a que já estava no espelho retrovisor, bordada em vermelho.

VI
O machado de Xangô

O zumbido dos mosquitos não atrapalha o sono de Carvão. Deitado na esteira, sonha com a terra natal que nunca mais verá.

Savanas, cabanas, animais de uma outra floresta que no Brasil não há. Faz calor na senzala, o cheiro dos corpos é intenso, percebe a bexiga cheia. Levanta-se sem pressa, arrasta os pés até a porta e espia a noite estrelada enquanto o jato quente da urina se espalha pela terra granulada. No centro do pátio, amarrado ao tronco, Bodião parece dormir. Banhado pela parca luz das estrelas, é uma figura assustadora. Anda poucos passos até ser interrompido pela voz grave de Tibúrcio.

— Está com pena desse negro fujão?

— Ele vai morrer?

— Nosso senhor Dom Belmiro não me paga por preto morto, mas por preto capturado. É só um castigo. Sabe quanto vale um negro desses, forte, com muitos dentes na boca?

— Sei não.

— Muitos mil-réis, mas tu não sabe o que é isto. E agora volta para a senzala que não é boa coisa ficar por aqui.

— Posso dar um pouco de água para ele?

— Dê, mas não demore.

Carvão se acerca ao barril, apanha uma caneca de madeira, enche de água e se aproxima de Bodião. Coloca a caneca em sua boca enquanto sussurra aos ouvidos dele.

— Beba um pouco, meu irmão. Fique tranquilo, logo seu tormento vai terminar.

— Vamos com isso! — levanta a voz Tibúrcio.

Despeja o resto de água da caneca sobre a cabeça de Bodião, ela se mistura com as lágrimas.

— O machado de Xangô vai te libertar — promete, antes de se afastar do tronco.

VII
A falange

Baldwin olha para o relógio no painel e se dá conta, já é sexta-feira, um dia de que não gosta, não sabe bem o motivo. Certamente sua mãe, lá em Paquetá, saberia explicar a razão, mas dona Yolanda partira fazia tempo e ele não seguira quase nenhum dos preceitos que ela, tão insistentemente, pedira que ele cumprisse. Quando será a próxima parada? Olha pelo retrovisor e vê Jeferson, o estranho cliente que arrumara naquela semana, dormindo recostado na porta. Qual será na verdade o destino deste homem tão destemperado? O revólver na cintura não é um bom prenúncio, avalia, mas, antes que mergulhe em perigosas elucubrações, a música de Carlos Santana no rádio traz um alívio imediato, "oye como va, qué rico, listo pá bailar, mulata".

A estrada perde subitamente as retas profundas, e algumas curvas fazem com que diminua a velocidade, o tanque de gasolina quase na marca de um quarto, está mesmo na hora de encontrar um posto. Olha pelo retrovisor, lá atrás surge, pela primeira vez, o brilho longínquo de um par de faróis. Algum infeliz que nem eu tem que dirigir de madrugada para chegar a algum lugar, pensa. Já haviam passado por Além Paraíba, a próxima parada será Leopoldina, talvez descansar, dormir algumas horas, seguir adiante depois. Olha novamente pelo retrovisor, os faróis mais perto, um arrepio eriça a pele das costas, algo no ar avisa que vem tempo ruim, apesar do céu estrelado. Acelera um pouco e desliga a música, percebe os faróis cada vez mais perto, a picape quase voa na estrada, o que diabos está acontecendo?

Quando soa o primeiro estampido, Baldwin entende por que teme as sextas-feiras, dia de coisas-ruins à solta, e há uma falange atrás dele neste momento. Com o segundo disparo, Jeferson acorda gritando e saca a pistola. Abaixa o vidro da janela direita e começa a disparar, com método, contra os perseguidores. O segundo tiro apaga um dos faróis, o quarto acerta o para-choque e o quinto, certeiro, esvazia o pneu direito. A picape derrapa e começa a perder a direção, e Baldwin, um olho à frente e outro no retrovisor, depois de rodar mais alguns minutos, numa manobra rápida sai da estrada principal e envereda por uma variante de barro, deixando para trás uma poeira densa e benfazeja. Rodam em silêncio durante muito tempo, sacolejando a cada buraco ou encruzilhada, até estacionar em um pequeno largo sob algumas árvores.

VIII
Meu filho é macho!

O campinho de peladas da comunidade merece o nome — é mesmo todo pelado, facilitando o arranca-toco, as unhas arreganhadas, as cabeças de dedão quase decepadas. Mas nada impede o furioso futebol de sete da manhã às sete da noite, que só para quando a noite chega, pois não há luz suficiente para um terceiro tempo. Ali joga todo mundo contra todo mundo, não importa tamanho, idade, técnica ou grossura. É nessa pegada que Jeferson menino se encontra agora, enfrentando um time de garotos mais velhos, que usam e abusam da pancadaria, levando a melhor em todas as divididas. Magrelo, tem alguma vantagem no drible largo, porque no corpo a corpo a porrada desmancha a vantagem técnica. Tenta uma vez, duas, na terceira o tal de Buda Preto, estilo beque-da-roça, dá-lhe uma pernada firme na altura do externo, e como não há um árbitro — quem vai se arriscar com um apito na boca ali? — fica por isso mesmo.

— Deixa de ser veadinho, Jeferson, vai lá e senta o cacete nele!

Na beira do pequeno campo, Orlandão, calça branca e camisa do Botafogo, cabelo cheio de Gumex e cordão de ouro arreganhado na gola aberta, se esgoela incentivando o filho. Manquitolando, cansado, o menino sai do campo e senta-se atrás do gol. Possesso, Orlandão corre até ele.

— Eu disse para você se levantar e meter a porrada nele!

O menino dá de ombros e continua sentado. Furioso, o pai puxa sua orelha e tenta empurrá-lo de volta ao campo. Mas Jeferson, num movimento rápido, apanha uma pedra que está ao seu lado e bate com ela nos colhões de Orlandão, que, surpreso, cai sentado. Durante longos segundos ficam se entreolhando, até que surge um sorriso cheio de dentes cariados na boca do orgulhoso pai.

— Isso, agora sim você mostrou que é macho, filho meu, meu filho!

IX
Tremedeira

Encostado na porta da frente do carro, Jeferson tenta controlar o princípio de tremor que faz sua mão direita perder a rigidez. Puxa o maço do bolso da jaqueta e acende um cigarro na ponta do que já queima seus dedos. Com uma pequena lanterna, numa minuciosa vistoria, Baldwin rodeia o automóvel. Quando encontra um furo de bala no para-choque traseiro, descarrega a ira que até então controlara.

— Mas que porra foi isso? Pode me dizer?

— Querem me pegar.

— Quem está atrás de você? Por que não me avisou?

— Porque eu não sabia.

— Mas agora já sabe, vai fazer o quê? Porque eu não vou levar você para lugar nenhum com um bando de malucos querendo te matar.

Jeferson dá de ombros e joga longe o cigarro. Baldwin, com um gesto vigoroso, vai até a guimba e apaga pisando com força.

— Tinha que me enfiar nessa merda? Não podia alugar um carro e você mesmo dirigir?

— Não.

— Por que não?

— Porque não, porra!

X
A fuga de Pedrulho

A noite sem lua facilita a fuga dos que sofrem na senzala da Fazenda São Tomé. Tirando partido da escuridão, Pedrulho se esgueira pela porta e se lança na pequena trilha que leva ao Rio Mucugezinho. Tibúrcio, que não bebera aquela noite, percebe o estranho movimento e rapidamente monta Baio, o cavalo branco como ele mesmo gostaria de ser. Galopa sorridente, nego burro, vai pela mesma trilha que Bodião tomara um mês antes, pensou. O arcabuz às costas é só peça de intimidação, pois Dom Belmiro muito preza suas propriedades. "Castigue, mas não arrebente, porque cada braço desses me faz falta na lavra", avisou várias vezes. Tibúrcio gosta das fugas, pois mostram ao senhor que é importante na economia da fazenda. Que vale cada pedaço de carne, cada garrafa de aguardente, cada moeda que junta para um dia comprar a alforria da mulher escolhida para companheira.

Entre os galhos, a pele se arrebentando a cada pancada, Pedrulho sente um profundo medo, o pavor de que seu coração não aguente o esforço. O ar entra com dificuldade apesar das narinas escancaradas, os músculos das pernas começando a reclamar do esforço, que não caísse antes de chegar ao lugar combinado, depois de todo este sacrifício tem que haver uma recompensa. Sente os primeiros odores vindo das margens do Mucugezinho, um pouco da umidade começa a refrescar a pele curtida, está quase lá.

Na beira da trilha, galopando garboso, Tibúrcio leva a mão à sela e recolhe a corda com um nó feito com esmero para a captura de fugitivos. Há outra opção: as três bolas amarradas em tiras de couro, excelentes para enredar as pernas e derrubar os abusados que ousam escapar, no entanto Dom Belmiro proibiu a prática, pois já houve casos de joelhos partidos, tornozelos arrebentados, depreciando a mercadoria. E o arcabuz, bem, este só era usado quando se deparava com nativos rebeldes, que o diabo consumisse suas carnes arrebentadas por fogo e chumbo, em nome de Cristo.

Quando a trilha se abre, ao fim da intensa galharia, e o vulto de Pedrulho se recorta contra a planície que leva ao rio, Tibúrcio sente um prazer tão intenso que chega a salivar. Em breve terá a corda tesa entre os dedos, ouvirá os gritos do animal aprisionado, sentirá até o cheiro das fezes do fugitivo, se cagando todo diante do castigo quem em breve será aplicado. Pedrulho, parado como se esperasse a captura, olha para o alto, certamente é o medo que trava suas pernas. Tibúrcio, corda entre as mãos, começa o movimento circular que treina à exaustão, mas não chega a completá-lo: vindo do mais profundo da mata escura, um laço de embira rodeia seu pescoço, e o forte puxão derruba-o do cavalo. Surpreso, tenta se levantar, mas uma pancada na cabeça deixa-o quase desmaiado. Na ponta da corda, Carvão aperta o nó.

— Pedrulho, já está no laço, venha me ajudar!

E os dois homens arrastam Tibúrcio para dentro da mata.

XI
Jurema de Jesus

É uma noite fresca em Paquetá, e o quarto de Baldwin menino recende a macela e camomila, além do incenso de alecrim carinhosamente confeccionado por Yolanda. É tudo muito simples mas bem arrumado, o pequeno armário, a cadeira com roupa de escola passada com carinho, a antiga luminária pendurada por um fio escuro, a estampa de Oxum junto à janela, a cama onde se remexe Baldwin, que num repelão senta-se assustado.

— Mãe! Mãe!

Sonolenta, caminhando com vagar, ela entra no quarto, já sabendo o que aconteceu.

— O que é, filho?

— Mãe, sonhei de novo com aquilo...

Senta-se ao lado dele, leva a mão à testa para ver se há febre, acaricia seu rosto.

— Aquilo? Aquela coisa horrível outra vez?

— É, mãe, aquele homem pendurado na corda... e eu puxando ele!

— É só um sonho, Baldwin, só um sonho.

— Mas é horrível! Porque eu tenho que sonhar sempre com isso?

— Vai passar, filho, vai passar.

— Cadê papai, vai demorar?

— Seu pai, você sabe, está no mar, volta no mês que vem. Tenta dormir de novo, filho, você tem aula amanhã cedo. Vou ficar aqui ao seu lado, está bem?

Baldwin se recosta, em seguida deita de lado, virado para a parede. Yolanda ajeita o lençol, abana a mão afastando um mosquito, depois canta baixinho.

— Campos verdes, campos verdes, campos verdes do Senhor, vamos virar os contrários pra cima de quem mandou, com as forças da Jurema de Jesus, nosso senhor...

Um leve sopro entra pelas frestas da janela, fazendo tremular o fio de fumaça que incensa o quarto, com ele vem o sal e o ruído das águas do mar.

XII
Não sou preto de ninguém!

A cabeça apoiada no encosto do banco, Baldwin murmura o nome da mãe antes de acordar assustado. Será aquele sonho novamente? Não sabe dizer, porque desta vez foi só a sensação de medo e desamparo. Ajeita o corpo para ver se Jeferson está acordado, mas o ruído da porta se abrindo acaba por despertá-lo. Ao vê-lo cambalear para fora do carro, se assusta.

— Ei, está tudo bem?

Não há resposta. Jeferson, debatendo-se, cai sem um gemido. Baldwin desce e se apressa em segurar sua cabeça para que não se fira. Antes que aconteça um acidente, saca a arma do coldre e a coloca no chão. Com a flanela que limpa o carro retira a baba a escorrer da boca e lembra-se do terreiro frequentado por sua mãe: o que era aquilo, uma incorporação? Alguns minutos depois, olhos muito abertos, Jeferson, tenta resgatar o autocontrole, senta-se e leva a mão à cintura.

— Cadê minha arma?

— Está aqui. Tirei do coldre para você não se ferir.

— Ninguém toca na minha arma, entendeu?

— Entendi. Você é epiléptico, é isso?

— Sou, e daí?

— Por isso não pode dirigir.

Um ligeiro ruído chama a atenção dos dois: entre as folhas no chão rasteja uma serpente. Nenhum deles reage, e Jeferson, cansado do ataque, respira fundo acompanhando com os olhos a cobra desaparecer.

— E agora? — o olhar de Baldwin é severo.

— E agora? Você está fodido que nem eu. Aqueles caras na picape já sabem em que carro eu estou e vão continuar nos seguindo, eu e você, meu preto...

— Seu preto é o caralho, não sou o preto de ninguém!

XIII
Coisa feita, sim senhora

Sentada em um dos bancos do Templo do Manto Sagrado de Jesus, Odina espera conformada que chegue o pastor Josué. A conselho das amigas vai em busca de ajuda na igreja evangélica, pois Jeferson está impossível: desbocado, violento, não respeita a mãe nem os professores da escola onde está matriculado. Só quer saber de jogar bola, sob o beneplácito do pai, o apontador do bicho Orlandão. Quando o pastor surge, Odina olha com admiração o homem branco, alto, o cabelo cortado como um militar, terno elegante, a gravata azul com motivos amarelos. Antes que troquem qualquer palavra, se ajoelham e rezam um Pai Nosso.

— Pastor, não sei mais o que faço com o menino Jeferson — começa Odina.

— Mas o que está acontecendo? Onde ele está?

— No campinho, jogando bola como sempre. Não faz o dever, foge da escola e ainda me xinga quando vou dizer alguma coisa.

— E o pai?

— O pai? O pai é o Orlandão, o senhor sabe, está ligando para nada. Mas se fosse só isso...

O pastor se ergue, bate a poeira nos joelhos, ajeita a gravata. Faz um gesto para que Odina também se levante.

— Tem mais o quê?

— Tem os ataques.

O pastor olha no caro relógio que reluz em seu pulso, está atrasado para uma reunião com um chefão da comunidade, quer terminar logo aquele assunto.

— Ataques?

— Eu não sei, uma coisa esquisita, de repente cai no chão e começa a bater a cabeça, sai uma espuma da boca.

— Está me parecendo coisa feita. Feitiçaria...

— Não será doença?

— Coisa feita, sim senhora. Traga ele aqui no domingo, vai ter uma sessão de purificação, guerra contra Satanás. A senhora não sabe que o diabo prefere atacar os inocentes? Venha com ele, vou expulsar esse demônio em nome de Jesus.

Em seguida se dirige ao fundo da igreja, apanha uma grande bíblia e um saco de veludo roxo. Já que vai se encontrar com o Turco Gordo, é bom estar preparado para extrair uma boa oferta. Afinal, o verão está chegando e um aparelho de ar-condicionado em seu gabinete seria perfeito. Na porta do templo, uma motocicleta conduzida por um homem magro e sem capacete o aguarda.

— Vamos lá, pastor, o Turco Gordo quer falar com você.

— Por isso eu trouxe a sacola...

Na calçada irregular, Odina vê o pastor Josué se afastar na garupa de Piranho, o homem ruim de Turco Gordo, e começa a desconfiar que a tal purificação pode não dar certo.

XIV
Dom Belmiro

Enquanto caminha de um lado para o outro batendo levemente com a chibata nas pernas, Dom Belmiro rumina o que vai dizer para a súcia indolentemente sentada no pátio diante da casa grande. Tenta se fixar nos rostos dos negros, adivinhar pelas expressões qual será o culpado, mas eram ardilosos e evitavam seu olhar. O sol forte do meio-dia castiga a todos, mas faz parte do procedimento. Que padeçam de sede. Faz um gesto para uma mucama, que dele se aproxima com uma caneca de água. Há uma hora que estão todos os homens cativos diante dele, e é com prazer que bebe metade da água e joga o resto fora, para desalento dos sedentos.

— Muito bem, seus desgraçados, ninguém vai se apresentar?

É intenso o silêncio no pátio, só se ouve um pio ou outro de uma ave desavisada, os latidos dos cachorros presos no barracão onde também se guardavam as mós, as bateias, as enxadas.

— Ovelha, tu que és o mais velho desta negrada imunda, não tem nada para dizer? Quer mesmo que acredite que não sabia desta barbaridade?

O silêncio segue imperando, mas é quebrado pelo zumbido de uma cigarra extemporânea.

— O corpo do Tibúrcio ficou quatro dias sendo comido pelos urubus e outros bichos nojentos, e ninguém viu nada, seus merdas? E onde foi parar o cavalo Baio?

A distante voz de dona Urraca dando ordens na cozinha parece que vai interromper a fala, mas Dom Belmiro retoma rapidamente o fio do assunto.

— Bodião, nego puto, tu te vingastes por conta da tunda que Tibúrcio te deu?

— Sinhô, tenho força para isso não, olha como estão meus braços depois do tronco... todos lascados, nem consigo catar no rio...

— E acha que vai ficar aqui no bem-bom, no come e dorme, por conta de uma sumanta, seu nego fujão?

— Tenha dó, meu sinhô...

— Quem tem dó é Jesus, e eu sou o cão, entendeu? O cão! Só não acabo com a tua raça porque você me custou trezentos réis... E tu, Carvão, vejo um sorriso de felicidade nessa tua cara preta?

Surpreendido, Carvão leva as mãos ao rosto e esconde os olhos, melhor não ver o que está por vir, Dom Belmiro dele se aproxima e acerta-lhe uma chicotada na perna.

— Então está decidido. Enquanto não aparecerem os desgraçados que mataram o Tibúrcio, a ração dos homens fica pela metade! E se aprumem porque já perderam meio dia de lavra!

Furioso, Dom Belmiro segue batendo com o chicote na perna enquanto olha, desconsolado, seus escravos partindo desordenadamente para a beira do Mucugezinho.

XV
BR-116

Com gestos rápidos, Jeferson abre a mochila, tira uma caixa de balas e começa a recarregar a pistola, cuidando para que Baldwin não veja seus movimentos. A música de Santana se espraia suavemente, o que alivia a pesada atmosfera dentro do automóvel. O dia amanhece meio que de repente e a estrada de terra e saibro vai exibindo seus cenários: cercas de arame farpado, algumas porteiras, as madeiras podres de um mata-burro, plantações, alguns pastos, poucas vacas e bois à vista. Baldwin alterna olhares entre o espelho retrovisor e o lateral.

— Está vendo alguém? — Jeferson já devolveu a pistola carregada ao coldre.

— No momento não. Mas eles já sabem em que carro você está... e eu também.

— Vida dura... Vou pagar o dobro do combinado quando chegar em Lençóis — o dom debochado irrita Baldwin, que prefere ignorar.

— A gasolina está acabando, é bom encontrar um posto logo, antes de chegar a Leopoldina.

— Você não quer abastecer lá?

— Olha aqui, esses caras podem estar mais à frente, mais atrás, eu sei lá, e numa cidade fica mais fácil de nos encontrar.

— Você não tem nenhuma reserva?

— Tenho um galão com cinco litros para uma emergência. Se um tiro daqueles tivesse pegado nele...

— Esquece, não pegou.

— Você tem um celular? — Baldwin pergunta e logo sente um frio na espinha.

— Tenho mas não uso. Desliguei quando começamos a viagem para ninguém nos rastrear.

— Então como é que... merda! - Baldwin leva a mão num compartimento sob seu banco e apanha um celular.

— Está sem sinal... — tenta ser otimista.

— Está sem sinal agora, mas lá na estrada deveria ter. Melhor desligar, negão.

Com um muxoxo, Baldwin desliga o aparelho e o joga no porta-luvas. Alguns minutos depois, na entrada BR 116, balança uma velha placa no que parece ser um posto abandonado.

— Vamos tentar a sorte aqui — diz Baldwin, estacionando junto à única e empoeirada bomba de gasolina.

XVI
Eu tô com fome

O sol já declinou um pouco, mas o calor segue sem trégua. Na beira do Mucugezinho, os escravos cascalham em busca de diamantes, mas nenhum deles está realmente se esforçando. Na verdade, aproveitam a distância da casa grande para conversar sem a presença de um bacurau que os oprima.

— Eu tô que não me aguento de fome - Licurgo bufa depois de jogar a bateia no chão.

— Melhor fingir que não sente, daqui a pouco passa — aconselha Pedrulho.

— A gente não é gente, a gente é coisa, é coisa que custa muito, Dom Belmiro não vai desperdiçar os mil-réis — Carvão olha em volta e senta-se sobre uma pedra lisa.

Bodião cospe longe antes de responder.

— Tomara que ninguém arregue.

— Ele está desconfiado mas não tem como provar... — Carvão coça o dedão do pé esquerdo, uma ferida que não sara faz com que seus dias de lavra sejam ainda mais dolorosos.

— A Nega Moré disse que está para chegar um novo bacurau, e que sinhá está muito nervosa com tudo o que aconteceu — Licurgo arregala os olhos.

— Outro preto desgraçado? — pergunta Ovelha.

— Sei lá, vai que é branco... — Licurgo balança a cabeça.

— Escuta aqui, Licurgo, tu tá de assunto com a Nega Moré? Tá maluco? Num sabe que ela é dormida de Dom Belmiro? — Carvão se levanta, assustado, como se o rio tivesse ouvidos.

— Branco? Vai que é melhor de matar — Bodião dá uma risada.

Mas Carvão não acha graça.

— Chega de matar. Não basta aquela noite? Nunca vou me esquecer dos olhos do bacurau pulando fora da cara enquanto eu apertava o nó.

— Enquanto não acabar essa disgraceira, muita gente vai morrer — Ovelha se encaminha à beira do rio.

— Eu já fiz a minha parte — encerrou Carvão.

— Se o graveto te escolher de novo para machado, não tem como escapar — o tom grave de Ovelha provoca arrepios em Carvão apesar do calor.

XVII
O canto da sururina

O posto está totalmente abandonado, conclui desanimado Baldwin, e o único movimento é o que vento faz com o lixo espalhado na entrada da pequena loja.

— Que merda — murmura Jeferson, abrindo a porta do carro para se livrar dos cartuchos usados sem que Baldwin perceba.

— Isso aqui está fechado há muito tempo — completa Baldwin, desligando o motor para sair do carro. Caminha em direção a uma bica de água e se surpreende com a visão de uma mulher sentada em um banco de madeira. Aproxima-se, cauteloso, é uma jovem indígena, traja uma larga vestimenta estampada. Imóvel, tem no colo uma pequena bolsa de pano, adorno com penas nas orelhas, os olhos vazios revelam que é cega.

— Bom dia — Baldwin sente um arrepio ao se aproximar.

— Bom dia — a moça esgarça um sorriso.

— Você sabe se aqui tem gasolina?

— Sei não, seu moço.

— É... tem alguém aqui no posto?

— Também não sei, seu moço. Só sei o que aprendi.

— E o que foi que você aprendeu?

Tocada pela pergunta, ela se levanta, coloca a bolsa sobre o banco, abre os braços e começa a cantar.

— Mamãe eu já não ouço o canto da sururina, nem o lindo acauã não escuto mais cantar...

A voz da indígena leva Baldwin a uma dimensão muito distante deste lugar abandonado, arremessado para o meio de uma grande floresta que aos poucos desaparece. Surpreso, tem a impressão de que ela flutua, os pés fora do chão, uma santa de cabelos negros e olhos vazados.

— Juriti eu já não vejo, pomba-rola não tem mais, só se escuta a saracura reclamá do que os homens faz.

— Mas que porra é isto?

O grito de Jeferson quebra o sortilégio, e a realidade empoeirada e cheia de lixo traz Baldwin de volta ao cenário. A indígena senta-se, mãos cruzadas no colo estreitam a pequena bolsa.

— O homem, seu moço, está aqui de passagem, faz isso, faz aquilo, depois acaba.

Os dois homens se entreolham, uma eternidade de segundos se passa antes que Baldwin volte a si.

— Falou bonito. Mas você sabe se tem gasolina aqui?

— Sei não, seu moço.

Baldwin desiste, vai ao porta-malas e retira o galão com a reserva. Abre a tampa do reservatório e enquanto despeja os últimos cinco litros no tanque, Jeferson, ainda assombrado pela visão da indígena, se aproxima de Baldwin.

— Vai dar para chegar no próximo posto?

— Acho que sim.

— Então vamos logo porque isso daqui está me dando agonia.

— Seu moço, me leva até mais ali?

O pedido perturba imensamente Jeferson.

— Melhor não, melhor não... Todo mundo sabe que trato com índio dá azar.

— E desde quando você que é branco me deu sorte? E mais, a sua hora de mandar acabou quando começou o tiroteio, entendeu?

Baldwin toma-a pelo braço e delicadamente a coloca no banco da frente do carro.

XVIII
Sai desse corpo, demônio!

Está muito quente dentro do Templo do Manto Sagrado de Jesus. O sopro dos quatro grandes ventiladores não é suficiente para refrescar os fiéis que se acotovelam na ensolarada manhã de domingo para receber a chuva de bênçãos prometida pelo pastor Josué. Seguindo a liturgia, a congregação canta em voz baixa o Hino dos Purificados, letra do próprio pastor, música de um consagrado grupo de pagode romântico, adaptada para fins evangélicos. Quando o pregador finalmente surge no púlpito, uma salva de palmas o recebe.

— Amados irmãos em Cristo, hoje nós vamos testemunhar a força e o poder do Senhor... — com a Bíblia na mão faz um gesto para o fundo da pequena igreja. É o sinal que Odina espera - ela atravessa o corredor central arrastando Jeferson, que a muito custo a acompanha.

— Venha, minha irmã, traga o seu filho e venham receber a força celestial — promete o pastor quando os dois chegam à base do púlpito.

Mas Jeferson não colabora, remexe-se todo o tempo, inquieto, os olhos arregalados, suando e prestes a entrar em crise. A um gesto do pastor, dois obreiros musculosos se aproximam e sujeitam o menino.

— Vamos precisar da poder da oração de todos para expulsar o demônio que se apossou da alma desta pobre criança!

Ato contínuo todos os presentes fecham os olhos e erguem as mãos ao alto, cantando um velho hino evangélico: avante, avante ó crentes, soldados de Jesus! Lutando contra os dois obreiros que o obrigam a se ajoelhar, Jeferson começa a sentir os primeiros sinais de que um ataque, daqueles que volta e meia fazem-no sair de si, está prestes a se consumar. Tenta se livrar dos braços obreiros, mas é impossível, dois homens contra um menino, o café da manhã que ainda repousa em seu estômago sobe e se projeta num jato de vômito.

— Em nome de Jesus Cristo eu te ordeno que deixe este corpo que não te pertence! — grita o pastor evitando sujar o terno novo em folha nas porcarias que o endemoninhado expele.

Jeferson bem conhece o roteiro da crise: primeiro a tontura, depois a perda progressiva da consciência, enquanto o corpo é tomado por tremores cada vez mais violentos. Tudo isso com o agravante deste homem gritando loucuras ao seu redor.

— Sai, demônio, fora Satanás! Sai, demônio, fora Satanás!

A congregação, hipnotizada, repete em cadência e cada vez mais alto:

— Sai, demônio, fora Satanás! Sai, demônio, fora Satanás!

Odina, sem saber o que fazer, controla o impulso de se abraçar a Jeferson e enchê-lo de carinho. Ajoelha-se também, e reza para qualquer santo ou divindade que por ali esteja. Teatral, o pastor roda em torno do menino, cuidadoso para não pisar seu caro sapato mocassim na poça de vômito. Os olhos de Jeferson começam a revirar, na boca surge uma espuma esbranquiçada, Odina sente que também vai desmaiar. Mas antes que perca a consciência,

Jeferson ainda encontra energia para num último esforço gritar para o pastor.

— Vai tomar no cu! Vai para a puta que o pariu!

Foi a senha para Odina perceber que nada ali vai ajudar seu garoto. Num impulso, empurra um dos obreiros e se abraça ao filho.

— Chega, pastor, chega, isso é doença, não é o capeta!

— É o demônio, sim, sua desgraçada, e se você não acredita em meu poder, saia agora da minha igreja!

Como tocado por uma força invisível, Jeferson para de se debater. Ondina se levanta, amparando seu corpo magrelo, e atravessam o corredor central da pequena igreja sob o olhar furioso da congregação. E, ao passarem pelo último banco, um homem gordo, vestido espalhafatosamente, se aproxima dos dois e cospe no rosto de Odina.

XIX
Bartira, Auí, Anhangá

A guitarra de Carlos Santana segue preenchendo o silêncio dentro do automóvel. Amuado, Jeferson fecha os olhos e deixa o pensamento solto, deseja estar muito longe dali, o passado se dissolvendo em ondas de um prazer que nunca chega. Até onde os homens que o perseguem irão? Conseguirá se livrar deles a tempo de chegar a Lençóis? E esse negro ao volante, terá colhões para leva-lo até a Chapada Diamantina? De alguma forma confia nele, pois foi generoso durante mais um daqueles malditos ataques que já nem são tão frequentes como na adolescência, mas ainda assim ocorrem em momentos quando mais precisa estar atento. O médico do posto de saúde da comunidade receitara alguns comprimidos, mas os abandonou porque o efeito colateral era uma lerdeza incompatível com o trabalho de vigia no bando de Turco Gordo.

— Como você se chama? — pergunta Baldwin à indígena.

— O branco me chama de Maria Rosa, mas meu nome é Bartira, indígena guaianá, filha do cacique Tibiriçá.

— E onde está seu pai?

— Ah, meu pai está longe, lá no começo de Pindorama. No início, o mundo era só água. Um dia chegou o Girador trazendo Auí, um ser luminoso, o primeiro homem aqui na terra.

Jeferson não quer ouvir, sente medo das palavras dela, mas o tom melodioso da voz de Bartira começa a entorpecê-lo.

— O Girador disse para o Auí construir sete cidades em cima da água e pediu para Auí nunca olhar para dentro do redemoinho. Mas ele não obedeceu, porque tinha curiosidade de saber como era feito o Girador.

Jeferson se sente agora sobrevoando uma planície feita de água. Gostaria de abrir os olhos e voltar à vigília, mas o espírito vaga em descanso.

— Quando olhou, foi tragado para o fundo junto com as cidades e seu povo. Anhangá foi liberada e trouxe para a terra a ganância, o ódio, toda a maledicência.

O prazer termina de repente, Jeferson sente muito medo de despencar das alturas.

— E assim o mundo foi dividido em dois, o mundo dos encantados e o mundo dos viventes.

— Em que mundo você está, Bartira? — pergunta Baldwin.

No ar, o solo da guitarra de Santana embala o silêncio carinhoso que se segue.

XX
Chora, Nossa Senhora

À luz das quatro velas que alumiam o aposento, o casal se prepara para dormir. Algumas trovoadas soam ao longe, o ar pesado, opressivo até, mas o mal que aflige Dona Urraca é de outra natureza. Ao perceber que a esposa leva seguidamente a mão ao peito, Dom Belmiro se preocupa. Olhando de soslaio enquanto tira as botas, espera que ela se sente na cama para indagar.

— O que a senhora está sentindo?

— Eu não sei, meu senhor, uma coisa estranha.

— Estranha como, sabe dizer?

— É como... se alguém estivesse me observando. Muitos alguéns.

Dom Belmiro espera um pouco para responder. Precisa daquela negralhada escrava para garimpar os diamantes que lhe dão dinheiro e posição social em Lençóis. O mal está em viver tão perto deles, a cor, o cheiro, o ódio que poreja em cada gota de suor, certamente em sua feitiçaria, até mesmo em assassinatos, como ocorrera com Tibúrcio. Pelo menos neste caso é preto matando preto, o próximo bacurau, já contratado, é branco e vai impor respeito à caterva.

— São estas histórias que as negrinhas vivem te contando, minha senhora. Vou cortar a língua de uma para ver se as outras aprendem a ficar com a boca fechada.

— Não são elas, meu senhor, esses olhos... vêm da mata.

— A mata não tem olhos. Tem índios.

— Índios têm olhos...

— Nada a senhora deve temer.

— Assim espero. Farei minhas orações antes de me deitar. O senhor me acompanha?

— Não, Dona Urraca, bem sabes que em nada disso creio e só rezo por conveniência quando aqui aparece o padre Isauro.

Dito isso, Dom Belmiro recosta-se na cama e em poucos minutos dorme, ressonando com vigor. Dona Urraca ajoelha-se diante do pequeno altar com a imagem de Nossa Senhora, e, de olhos fechados, entoa sua litania. E é bom que assim o faça, pois se mirasse a santa seria capaz de vislumbrar pequenas gotas de sangue escorrendo em sua face de madeira.

XXI
Dona Zazá

O sol da manhã ainda está fresco, e o vento ascendente é perfeito para o menino empinar sua pipa rubro-negra rente à pedra da Moreninha. Junto a ele estão outros meninos com suas pipas no ar, mas nenhuma delas têm as cores vibrantes como as dele, desfilando garbosa uma rabiola de losangos brancos. Bambeia para a esquerda, bambeia para a direita, evita o confronto com os outros garotos. Não quer cortar linhas, capturar presas que custaram tanto tempo, papel e cola, além de pequenas e preciosas tiras de bambu para serem confeccionadas. Prefere mil vezes o revoluteio inocente de quem faz manobras arriscadas sem intenção de ataque.

— Baldwin!

A voz da mãe chamando ao longe interrompe o enlevo, mas é preciso que ela o chame outra vez para que se dê conta de que realmente precisa abandonar o prazer daquela manhã cristalina. Cede a linha para um moleque ao lado, pedindo que seja cuidadoso, e corre até a porta de casa, onde uma figura exótica o aguarda, trajando um longo vestido branco com lenços vermelhos na cintura, adorno dourado nos cabelos, o rosto muito enrugado, a boca onde o batom excede as linhas dos lábios.

— Baldwin, esta é a Dona Zazá, senta aqui pois ela precisa fazer uma coisa com você.

— Menino, dê cá a sua mão direita...

Durante alguns minutos ela inspeciona a palma de sua mão, fazendo ruídos secos com a língua. Baldwin não sabe explicar o que sente, mas é uma pequena agonia que aumenta à medida que o tempo passa. As mãos da cigana são ásperas, e ele não vê a hora da sessão terminar.

— Menino, você tem uma estrada bonita na sua frente, isso eu posso ver. Para você, a noite será sempre estrelada e você vai conhecer outros lugares muito além dessa ilha...

— Ele vai para fora, outros países?

— Outros lugares, aqui e em outros mundos.

— E os sonhos, Dona Zazá, estes sonhos que assustam ele?

— Tem uma nuvem escura no passado...

— Mas que passado, Dona Zazá, ele só tem dez anos!

Assustado, Baldwin retira a sua das mãos da cigana e se levanta, pé na porta, arisco no desejo de voltar à sua pipa rubro-negra.

— Mãe, posso ir agora? — pergunta e sai correndo sem esperar permissão.

— Outras vidas, outras encarnações... Ele vai ter que limpar esse débito para seguir em paz. Olha, Yolanda, melhor buscar ajuda com os santos, sozinho ninguém se livra do que fez em outra vida. E tem mais, sabe o que vejo? Ele não pertence a essa ilha, é de outros cantos.

A mãe suspira, tira de uma pequena bolsinha algumas notas amassadas e as coloca nas mãos de Dona Zazá, que acende um cigarro e, rebolando, dá adeus antes de sumir na rua de paralelepípedos.

XXII
Um gardenal para Odina

Sentado à pequena mesa na apertada cozinha, Jeferson devora o bolo que sua mãe fez para comemorar os 16 anos. Odina, um enorme esparadrapo na testa, apenas olha o filho comer, feliz porque ele gostou da surpresa. Mas nem tudo, ou quase nada, é alegria.

— Jefinho, você vai tomar o remédio que o doutor do posto de saúde deu? — ela empurra a caixa azul com os comprimidos para perto do filho.

— Vou não, mãe, fico morgadão com ele.

— Mas você pode ter de novo aquele ataque de... como é mesmo?

— Não quero ouvir mais essa palavra, entendeu, mãe? Vamos mudar de assunto?

— Que assunto?

— Esse da sua cara.

— Uma espinha.

— Espinha o cacete! Foi meu pai que te bateu de novo, não foi?

— Não te mete nisso, coisa de marido e mulher.

— Até quando tu vai aturar isso? Não tem vergonha na cara? Por que não dá um pé na bunda dele? — Jeferson grita e se levanta irritado.

Amedrontada, ela prefere recolher a louça suja e vai para a pia, resmungando com a torneira aberta.

— Largar ele e fazer o quê da vida? Quem vai pagar meu aluguel? Tu sabe muito bem que eu não tenho família...

— Um dia acabo fazendo uma besteira — Jeferson se encaminha para o pequeno varal onde está pendurado o calção e a camisa com que joga futebol todo santo dia.

— Faça não. Eu bem que gostava de ter uma família minha. É seu pai na rua, você no futebol, o dia todo. Eu, sozinha aqui. Abestada. Sabe, a única família que eu tive era tudo preto. Tive uma irmã preta na Bahia.

— Que merda, hein?

— Não fale assim, não diga besteira. Até hoje ainda sonho com ela.

— Pesadelo... — rosna Jeferson, saindo da cozinha com passos rápidos.

Com a barriga colada na pia, Odina chora um pouco, pensa que talvez fosse bom rezar, mas não conhece nenhuma oração que a ajude a sair daquele sufoco. Olha para a caixa de gardenal e se pergunta se não seria bom ela mesma tomar um daqueles comprimidos.

XXIII
Jurema, juremá

Depois de abastecer o carro em Leopoldina, onde só demorou por mais alguns minutos no banheiro da uma mercearia, Baldwin acelera sem se importar com a tarde que cai depressa. Seguem-se Laranjal, Bom Jesus da Cachoeira, Muriaé, Itamari, Miradouro, Fervedouro. Bartira, até então silenciosa, começou a entoar uma pequena cantiga.

— Tava sentada em pedra fina, o rei dos índios mandou chamar, caboclo índio, índio africano, caboclo índio do juremá.

Juremá, juremá... A palavra trouxe uma cálida lembrança a Baldwin, que sorri para a estrada, apesar das pesadas nuvens começando a cobrir o horizonte.

— Esse povo índio tem muita história.

— Tudo mentiroso, que nem os macumbeiros — resmunga Jeferson.

— Eles estavam aqui antes de todo mundo chegar, branco, preto.

— Fodam-se eles, canibais, diz que comiam gente.

— Não liga para o que ele fala, Bartira, conte a sua história — Baldwin desliga o som do CD.

— Eu fui a filha mais querida de Tibiriçá. Um dia surgiu um estrangeiro que me seduziu com seus olhos azuis. Me levou para a cidade grande, mas ali tudo era frio, sem alma. Perdi meus olhos naquelas ruas sujas. Ele saiu em busca de aventuras e me deixou esperando. E quando voltou, já me encontrou assim, morta.

A tempestade anunciada despenca com força, relâmpagos e trovões violentos. A água bate com força nos vidros do carro, Baldwin diminui a velocidade.

— Caralho, eu disse que essa mulher ia trazer azar!!!

O que é chuvarada vira furacão, aterrorizantes uivos de vento ao redor do automóvel. Pálido, Jeferson começa a tremer, Baldwin acende os faróis, a única pessoa tranquila no carro é Bartira, que suspira e pende a cabeça, parecendo dormir.

Não demora, o céu se abre, e a pancada de verão se afasta rumo ao mar. O sol, muito vermelho, vai mergulhando no horizonte para os lados da Bahia. Baldwin toma a mão de Bartira, não sente o pulso. Sem nada dizer, dirige até a beira da estrada, junto a um grande arbusto. Desce sem pressa, desata seu cinto de segurança e toma a indígena com gestos delicados, cuidando para que a cabeça não penda. Ajoelha-se atrás do grande arbusto e coloca ali o corpo, a pequena bolsa entrelaçada entre os dedos. A noite cai de repente e ele retorna ao carro. Só quando bate a porta ouve a voz tremida de Jeferson.

— Puta que pariu, ela morreu?

— Não, ela é matintaperera, apenas se encantou — responde, dando a partida.

Nenhum dos dois percebe, mas, assim que saem, uma revoada de pássaros azuis, vermelhos e brancos, como as penas de um cocar, zarpa do arbusto para os infinitos.

XXIV
Para tomar tenência

O calor é brutal na ruela da comunidade, mas Orlandão caminha célere, quer dar o exemplo a Jeferson, vindo logo atrás, então que seja macho que nem o pai. Tem certeza de que os ataques que sofre rolando pelo chão são fruto da criação de Odina. Mulher só serve mesmo para foder e olhe lá. Passa pela venda de Capistrano Paraíba com um aceno de mão, mais tarde voltará pra anotar o jogo do bicho, agora, a prioridade é outra. Param diante da casa toda ladrilhada de Turco Gordo e se aproximam do segurança que exibe um fuzil.

— O homem está me esperando — avisa.

Pai e filho são revistados antes de entrar e depois de liberados sobem a escada, poucos degraus até o terraço. Dentro de uma banheira está o Turco Gordo, nu, charuto em uma mão, copo de bebida na outra. Junto à cadeira descansam um roupão e um fuzil. Tomando conta de tudo, Piranho, o capanga mais antigo, alto, magro, uma pistola automática em cada lado do cinto.

— Salve, Turco.

— Então é esse o menino?

— Fez 18 anos, tá precisando tomar tenência, virar homem.

— Deixa ele aqui com a gente que rapidinho damos um jeito nisso.

Turco Gordo sai da banheira, Piranho envolve o corpo do chefe em um enorme roupão preto, passando a ele o fuzil. Impressionado, Jeferson não consegue tirar os olhos da arma.

— E você, Orlando, vai ficar nesse negócio de bicho? Olha que o tempo está passando, as paradas estão mudando...

— Tô velho para mudar, Turco. E o homem lá em cima precisa de mim para recolher as apostas, controlar a área.

— Vem comigo, Orlando, cocaína é a onda, todo mundo quer.

— Cocaína é para quem tem grana. Pobre continua apostando no bicho. E tem muito mais pobre do que rico nesse mundo de merda.

Turco Gordo sacode todas as banhas numa gargalhada sonora, vira-se pra Jeferson.

— E você, rapaz, já sabe dar uns pipocos?

— Sei não senhor.

— Vamos ajeitar essa parada, como você se chama?

— Jeferson, seu Turco.

— Piranho, tu vai pegar o Jeferson e treinar ele para usar um berro, entendeu?

— Tu que sabe — o capanga não parece muito animado com a tarefa.

— Depois de treinado, bota ele na ronda. Vai ganhar um pixuleco por semana pra gastar com as putas. Só não pode cheirar, entendeu? Cocaína aqui a gente vende, não usa... Mais alguma coisa, Orlando?

— Mais nada, Turco, só posso agradecer. E vamos manter as coisas em paz para eu não atrapalhar o seu negócio nem você atrapalhar o meu.

— Isso, não é bom para ninguém, vamos evitar qualquer tipo de atrapalhação. Vai com Jesus...

— Com Jesus??? — Orlandão não consegue esconder a surpresa.

— É. Ando frequentando a igreja do Pastor Josué, conhece ele? Faz bem para a alma. Ainda mais para um pecador como eu...

A gargalhada persegue Orlandão até chegar no beco e voltar ao bar do Capistrano Paraíba para anotar o bicho.

XXV
A revolta

Aterrorizados, as costas coladas à parede da sala de onde se vê a grande porta da casa grande, Dom Belmiro, Dona Urraca e suas duas filhas tremem diante da visão do grupo de escravos, facões e machados nas mãos. Liderados por Ovelha, eles gritam obscenidades, ameaças, brandem as armas dispostos a qualquer reação caso Dom Belmiro não se renda.

— O que fazemos com eles? — Bodião é o mais exaltado.

— A mesma coisa que fizemos com o outro bacurau! — Licurgo tem nas mãos um porrete feito com a madeira mais dura da lavra.

— Vocês estão loucos! Quando o Visconde de Sabará souber disso, vai caçar vocês todos, cortar a cabeça de um por um e colocar num poste! — a voz de Dom Belmiro treme mas ele se esforça para manter um último travo de autoridade.

— Você não vai estar vivo para ver... — Bodião avança em direção à família, mas um grito de Carvão detém seu gesto.

— Não! Matar inocentes? É isso que vocês querem fazer?

— Ele não é inocente! — Licurgo aponta para Dom Belmiro.

— Ovelha, não seja idiota... Você sabe que não tem chance nenhuma. Desarme todo mundo e eu esqueço o que aconteceu aqui — tenta negociar Dom Belmiro.

— Não posso. A gente quebrou as correntes, não tem como retornar.

— Liberte minha mulher e minha filhas! Deixem elas em paz!

— Não pai, não faça isso! — grita a mais velha.

— Se o senhor ficar a sua família também fica! — Dona Urraca nem sabe de onde buscou forças para falar.

— Cala a boca, mulher! Aqui quem decide quem vive e quem morre sou eu!

Meia hora depois, reunidos no grande pátio, os cativos e as mucamas assistem em silêncio Dom Belmiro, mulher, filhas e o novo bacurau se afastarem em um carro de boi. Depois que cruzam a porteira, começa a debandada.

Ovelha, uma tocha na mão, se aproxima da senzala e toca fogo na construção. Depois se reúne a Licurgo, Pedrulho e Carvão para contemplar as chamas.

— Que queime esse lugar desgraçado! — Pedrulho cospe no chão.

— Temos que seguir logo, antes que a fumaça se espalhe — Licurgo já pensa no caminho que terão pela frente.

— Sim, temos que achar o quilombo de Cachoeira, a gente tem que descobrir onde é — Pedrulho dá as costas para o incêndio.

— Esse lugar existe mesmo ou é uma lenda? — Carvão pergunta, e Ovelha segura seu braço afastando-se do grupo.

— Você é um homem digno.

— Sou apenas um homem, Ovelha.

— Eu também não mataria aquelas pessoas, mas se todos quisessem, não poderia impedir.

— Eu não deixaria de jeito nenhum, Ovelha. Você acha mesmo que nosso pai Xangô, justo e verdadeiro, aprovaria isso? Até hoje a morte do bacurau me persegue, e acho que vai me perseguir pelo resto da vida.

— Um dia você se livra disso.

— Não sei, espero que sim. Mas, às vezes, acho que não.

XXVI
Árvore é gente?

Todas as tardes da infância são cálidas, pelo menos para quem se lembra delas, ainda mais quando acarinhadas por uma mãe que conta histórias. Sob a sombra protetora da Maria Gorda, o secular baobá de Paquetá, Baldwin desfruta de um raro momento, pois Agenor, seu pai, está em terra, e a família reunida para um lanche ao ar livre.

— Já te contei a história da Jurema? — dona Yolanda respira o ar salino que tanto lhe faz bem.

— Contou não, mãe.

— Yolanda, pelo amor de Deus, você não vai encher a cabeça do menino com estas invenções — Agenor, marinheiro agnóstico, só confia na tábua das marés.

— As crianças precisam de fábulas, você não pode querer que todo mundo viva apenas nesse seu mundo seco. É uma história muito linda, Baldwin. É pra gente aprender a amar as árvores como se fossem pessoas.

— Árvore é gente?

Agenor balança a cabeça negativamente, mas nada diz, antes prefere acender um dos puros que comprou na última vez que seu navio aportou em Havana.

— É mais do que gente, são anjos que Deus mandou para cuidar de nós.

— As folhas são as asas dos anjos?

— Asas verdes, vermelhas, amarelas, douradas... Agora fecha os olhos e imagina que José, Maria e Jesus são três bonequinhos de barro como aqueles que a gente viu na feira mês passado. Eles estavam fugindo com Jesus pequenino... Herodes, o romano malvado, deu ordens para perseguir e matar qualquer bebê.

— Mas por quê, mãe?

— Por causa da profecia, dizia que um novo rei ia nascer na Judeia. Herodes não queria um novo rei.

— Gente má?

— Gente ruim, que existe neste mundo desde que o mundo é mundo. Os três estavam na rota de fuga quando ouviram o galope dos cavalos. Era a tropa de Herodes, pronta para matar Jesus.

— Mas não conseguiram, né?

— Não, Baldwin, claro que não! José e Maria encontraram uma árvore bela e frondosa, e esconderam na folhagem dela o menino Jesus, que ficou ali quietinho, quietinho...

— E que árvore era essa, mamãe?

— Yolanda, já basta, você não acha? — Agenor, inquieto, bate a cinza do charuto.

— Era a jurema, filho. Quando os soldados chegaram, só encontraram José e Maria, e, como buscavam um bebê, seguiram em frente na sua tarefa malvada. Daquele dia em diante, a jurema se tornou sagrada. Ela vive mais de duzentos anos e tudo dela se aproveita para fazer remédio: as raízes, a casca, as folhas, as sementes.

— Tem jurema aqui em Paquetá?

— Tem não, meu filho, mas o importante é que você tenha a jurema dentro do seu coração.

Um vento agradável sopra a fumaça do charuto de Agenor para longe, e o saboroso aroma agrada ao povo encantado que ali perto ouve a narração de Yolanda.

XXVII
Fuzil, pistola, Piranho

No terreno abandonado nos fundos da comunidade, as latas emborcadas sobre estacas de pau lembram estranhos espantalhos de muitos olhos: são os furos provocados por balas de calibres variados. Lado a lado, Piranho e Jeferson estão prontos para o primeiro treinamento.

— Segura firme contra o ombro se for dar um teco só. Se for rajada, é diferente. Deita o olho na mira e espera antes de apertar o gatilho. A melhor hora para atirar é entre uma respiração e outra, morou? Então olha bem para aquela primeira lata, é nela que você tem que acertar.

A primeira surpresa de Jeferson é o fuzil, pensou que seria bem mais pesado. Isso é bom ou ruim? Só vai saber na hora em que disparar pela primeira vez. O coração acelera um pouco, a respiração fica curta, uma gota de suor escorre pela testa e embaralha a visão. Abaixa a arma e esfrega o olho direito.

— O que foi, está chorando, boneca? Ficou nervosa? — debocha Piranho.

— Caiu suor no meu olho...

— Acho que você não dá para isso, vamos parar por aqui? Acho uma merda ficar gastando bala com bundão.

— O seu Turco disse para eu treinar e você vai me ensinar. Não é ele quem manda?

Piranho dá de ombros e só aponta para o alvo, como quem diz, vai sentar o dedo ou não vai? Jeferson aperta o gatilho e junto com o som vem o coice da arma, que o joga no chão, provocando uma violenta gargalhada do instrutor..

— Isso é coisa para homem, caralho!

Furioso, Jeferson se levanta, apanha o fuzil, finca os pés no chão, faz quatro disparos, sem acertar o alvo uma vez sequer.

— Garoto, se isso fosse num pega de verdade tu tava fodido — avalia Piranho tomando de volta a arma.

— Eu só vou sair daqui depois de treinar. Foi essa a ordem que a gente recebeu.

O capanga mete a mão no bolso e acende um cigarro. Não foi com a cara do garoto e está de saco cheio por desperdiçar seu tempo com um pivete que ainda deve mijar nas calças. E ainda por cima abusado.

— E essa arma aí na cintura?

— Pistola, automática... Você senta o dedo, dá um teco. Deixa o dedo apertado, muitos tecos. Quer tentar? Se estropiar minha arma fodo com a sua vida — diz, sacando a pistola e entregando para Jeferson depois de destravá-la.

— A mesma lata?

— A mesma, não vai acertar mesmo... Depois você diz para o Turco que foi você quem gastou minhas balas à toa.

Jeferson estende o braço direito e se sente quase confortável com aquele objeto que parece grudar-se à palma da mão. Já não há suor nos olhos, e ele aperta o gatilho preparado para o impacto. O disparo é seco e não acerta o alvo.

— Eu estou dizendo...

Jeferson abaixa o braço e passa a arma para a mão esquerda, agora o encaixe é perfeito. Erra o segundo disparo, respira, acerta o terceiro, o quarto, erra o quinto, acerta o sexto...

— Chega, porra! — o grito de Piranho interrompe o prazer que se espalha pelo corpo, é a adrenalina aquecendo as veias — Tu é canhoto, maluco?

— Sei lá, no futebol só chuto com a direita.

— Tu é canhoto... deve ter parte com o diabo.

— O pastor Josué acha que eu tenho.

— O pastor Josué é um babaca que arranca dinheiro de outros babacas.

— Já mandei ele tomar no cu... — Jeferson ri, debochado.

— Quer saber? Gostei de tu, maluco. Vamos praticar mais com essa mão do demônio.

A tarde cai no terreno baldio, e a trilha sonora é uma saraivada de tiros espantando os urubus que começam a pousar no lixão ali perto.

XXVIII
Solidão na ilha

A primavera é suave em Paquetá. Para aproveitá-la, Yolanda e Agenor sentam-se na soleira da porta da frente, acompanhando com olhos carinhosos Baldwin e seu carrinho de bombeiros em evoluções no pequeno jardim na frente da casa. Sempre que podem aproveitam este momento de comunhão, já que Agenor passa mais tempo embarcado que em terra.

— Dez anos... — comenta Yolanda, olhando embevecida e ligeiramente temerosa para Baldwin.

— Passa voando, não é?

— Nossa, nem me diga. Para você então que fica às vezes dois meses sem vê-lo...

— É uma reclamação?

— Não começa, Agenor...

Como que adivinhando que estão falando dele, Baldwin levanta a cabeça e sorri para os dois. É tão raro vê-los juntos! Que não comecem a discutir, como acontece tantas vezes quando o pai chega de viagem.

— Um dia temos que levar ele para conhecer a família.

— Vão vocês, eu não vou. Ou já se esqueceu que seu pai, aquele velho mandão, foi contra o nosso casamento?

— Ele só queria que a gente ficasse por lá, Agenor.

— Pois deles eu não quero nada, só distância.

— Às vezes eu sinto uma solidão horrível aqui na ilha. E você passa meses longe, no mar...

— Você sabia que sua vida seria assim.

— Seja mais amoroso, Agenor, a vida passa depressa e quando a gente vai ver...

Um apito grave soa ao longe, e Baldwin, carrinho na mão, corre até eles.

— Pai, mãe, posso ir na praça das barcas ver o povo chegar?

— Pode sim, filho — Agenor sorri.

— Um dia ele vai sair daqui para o mundo — Diz Yolanda se levantando para ver o filho desaparecer correndo pela rua de paralelepípedos.

— Espero já não estar nessa terra quando isso acontecer — Agenor sacode a cabeça, tentando não pensar no futuro.

XXVIX
Eles passaram por aqui

Abandonado, o posto de gasolina é um abrigo para tudo que é bicho vadio. Rato, barata, lacraia, mosca, algum morcego desorientado, uma ou outra traça, grande variedade de vermes instalados na latrina que não sabe o que é limpeza desde sempre. O vento sopra mas é quente, afundando o que resta da vidraça da loja em uma poeira ardida. Se houvesse alguém ali para ver, ficaria espantado quando um segundo carro em menos de 24 horas encostasse junto à bomba, uma picape negra, o farol dianteiro esquerdo quebrado. Quando as portas se abrissem, esse alguém veria três homens saindo do carro, o chefe, óculos escuros, alto e magro, a jaqueta fazendo força para esconder as pistolas na cintura.

Carluxo, o mais novo dos capangas, musculoso e cabelo nos ombros, vai até a bomba, tira a mangueira, cheira o bocal, não há rastro algum de gasolina. Zérruela, rosto marcado pela acne e sem parte da orelha direita, se ajoelha e encontra no chão marcas de pneus, olha para Piranho, faz sinal de positivo. Este abre a braguilha e mija com evidente prazer — a bexiga estava cheia havia muito.

Sente-se pessoalmente afrontado, pois tivera a chance de exterminar o traíra e não só perdera a oportunidade como quase se arrebentou na estrada com os tiros que acertaram o carro. Moleque filho da puta!

— Chefe, olha isso aqui — chama Carluxo.

Aponta para o banco junto à bomba, Piranho se aproxima - presa num interstício da madeira uma pena colorida resiste bravamente ao vento que queria arrancá-la. Embaixo, alguns cartuchos detonados.

— Vamos embora porque esses putos passaram por aqui e estão mais perto do que a gente imagina — ordena Piranho, entrando na picape com movimentos rápidos.

Logo após a partida, tudo volta ao normal no posto abandonado, e a única alteração que ninguém repara é a serpente que se escafede por trás da loja rumo a sabe-se lá onde.

XXX
Na barraca dos Ibejis

Falta pouco para o meio-dia quando Jeferson vê a barraca com frutas na beira da estrada junto a uma variante de terra e cascalho e faz um gesto. Baldwin diminui a velocidade, estaciona um pouco mais à frente e desliga o motor. Em instantes estão descascando tangerinas por conta própria, já que não há ninguém por perto para vende-las.

— Você tem um nome bacana, mas parece nome de branco, não de negro — Jeferson cospe os caroços enquanto se deleita, enfiando meia tangerina na boca de uma só vez.

— E o seu nome não parece de bandido... — Baldwin prefere comer gomo a gomo.

— Meu nome foi minha mãe que me deu. Meu pai não ligava pra essas porras não.

— Que porras?

— Essas viadagens de nome, isso aí. Ele mesmo se chamava Osvaldo.

— Não se chama mais?

— Morreu, defunto não tem nome, não é?

— Morreu de quê?

— Passaram o rodo nele. Disseram que estava atrapalhando o negócio.

Baldwin recolhe as cascas e joga numa caixa de papelão ao lado da barraca. Jeferson atira as cascas ao longe, como aviões de papel.

— Coisa triste. Meu nome foi meu pai que deu. Ele era marinheiro. Um dia leu um livro de um escritor americano. Se chamava James Baldwin. Gostou tanto do livro que me deu o nome do escritor.

— Era preto o escritor?

— Quem nem eu.

— Coisa rara, preto escritor.

— Acho que você precisa se informar melhor.

— Não me interessa, nunca li porra nenhuma mesmo...

Uma sombra em movimento interrompe a prosa, sobre eles uma revoada de pássaros se dirige para o norte. Jeferson olhou para baixo e dá um pulo quando vê uma serpente se arrastando rapidamente sob a barraca.

— Caralho, você viu isso? — Jeferson já não sabe o que pensar.

— Os pássaros? Era a matitaperê...

— Não, porra, a cobra! Ela está seguindo a gente?

— A cobra... a matitaperê... isto é um aviso, bora que a barra pesada está chegando — diz Baldwin colocando a mão no bolso e deixando uma nota de dez reais no tabuleiro.

— Vai pagar porquê? Tem ninguém aí...

— Cara, você não entende nada do que acontece ao seu redor.

— E você entende? É macumbeiro?

— Eu sou uma pessoa que acredita menos do que devia.

— Agora quem não entendeu nada fui eu.

Quando entram no carro, pela primeira vez Jeferson senta-se no banco da frente, diante do olhar divertido de Baldwin.

— Vamos sair da rota principal outra vez. Se estão nos perseguindo, vai ser mais fácil achar esconderijo fora da estrada.

— E como vamos chegar na Bahia?

— Pelo litoral. Olhando no mapa a gente acha outro caminho.

Quando o automóvel arranca e entra na pequena variante poeirenta, dois meninos gêmeos saem detrás de uma moita, mãos dadas, sorrindo. Baldwin arrisca uma olhada pelo retrovisor, os ibejis acenam para ele, mas é tudo tão rápido que ele não saberia dizer se foi verdade ou ilusão.

XXXI
Guia de santo não pode

Dividido entre as crenças da mãe e ceticismo do pai, Baldwin passa a adolescência e a juventude sem saber como lidar com aquele universo que provoca atração e temor. O pior são os sonhos, que volta e meia retornam com o mesmo cenário: mata cerrada, corda esticada, gemidos e estertores de um homem que ele não conhece e que morre enforcado bracejando violentamente.

— Filho, procure ajuda espiritual — repete sempre Dona Yolanda, mas Baldwin tem suas próprias ideias sobre a religião. Apesar da infância ouvindo as histórias que a mãe, frequentadora de um terreiro antes de se mudar para Paquetá ao se casar com Agenor, lhe conta, decide seguir os passos do pai, anarquista e contestador, um viajante que sempre traz os ecos mais distantes do planeta.

Bom estudante, termina o ensino médio com louvor mas não se ilude quanto ao futuro. Escolhe um curso técnico de mecânica automotiva no centro do Rio porque sabe que isto lhe trará trabalho em breve. O que pode esperar um jovem negro criado numa ilha? Começa a trabalhar na oficina da Viação Pandora, e rapidamente sobe na estrutura da empresa. Aproveita a oportunidade e tira a carteira de motorista profissional, agora tem sua primeira chance no treinamento para conseguir uma vaga.

— É bem dura essa alavanca de câmbio — repara sentado no banco do ônibus-escola.

— É sim, melhor se acostumar. Você sabe, o ritmo aqui é bem truncado, anda, para, sobe gente, desce gente... — o instrutor não parece muito interessado no aluno.

— Eu sei — concorda, pisando fundo na embreagem e testando a primeira marcha, a mais difícil de entrar.

— Tem que ter paciência com o trânsito e com as pessoas, a maioria está indo ou voltando do trabalho. E seguir a planilha, um número certo de viagens por dia. Qualquer problema com o percurso peça ajuda ao trocador, todos são bem experientes.

— Pode deixar.

— Outra coisa, não vai poder usar esse chapeuzinho colorido. É promessa?

— Não, é um kufi, veio da África — Baldwin leva a mão ao chapéu que seu pai trouxe de uma viagem a Angola.

— Você é africano?

— No Brasil todos os negros são africanos.

— A firma dá um uniforme, você tem que usar, chapeuzinho pode não.

— E o meu patuá, posso usar?

— Bem... Por dentro da camisa do uniforme pode sim, a gente não se mete na religião de ninguém.

— Eu vi no outro ônibus que o motorista tem uma pequena estátua de santo junto à janela...

— Ah, é São Cristóvão, padroeiro dos motoristas.

— Bem, então ele pode colocar o santo dele e eu não posso pendurar minha guia no retrovisor?

O instrutor respira fundo e hesita um pouco antes de responder.

— Sei lá , melhor não, vai que alguém reclama, não é?

Quinze dias depois, devidamente treinado e atestado, Baldwin vai para seu primeiro dia pilotando um Central — Pavuna. Manobra dentro da garagem, para no posto de controle e recebe o papel com as viagens do dia. Acelera devagarinho mas antes de alcançar a rua freia de novo, tira a guia de uma bolso da camisa e a pendura no espelho retrovisor. Olha para o trocador e este faz o sinal de positivo.

— Vamos com a curimba que ela nos protege! — ouve com um sorriso nos lábios.

Dirigir dá a Baldwin uma liberdade que beira a felicidade total. Toca o ônibus como se fosse um instrumento, ouvindo em cada ronco do motor uma canção de metal. Garboso no uniforme - calça cáqui, blusa branca –, logo atrai os olhares femininos. Diva, a morena do departamento de pessoal da empresa, é a primeira a reparar em seus encantos. Mas ela quer compromisso, quer anel, quer casar, e ele só pensa no mundo que o pai desbrava sempre que viaja. E vem daí sua primeira grande perda: um acidente no atracadouro de Roterdã termina com a morte de dois marujos brasileiros, um deles é Agenor.

Dois anos depois, quando Yolanda não resistiu a um infarto, Baldwin fez uma simples cerimônia no pequeno cemitério de Paquetá, enterrando a mãe ao lado do pai. Passado o luto, encerrou sua vida insular — vendeu a casa onde foi criado e mudou-se definitivamente para o Bairro de Fátima, no centro do Rio, bem perto da garagem da Viação Pandora.

XXXII
Deixa comigo, mãe

Ao entrar correndo no Hospital Lourenço Jorge, Jeferson chama a atenção dos dois seguranças, que o detêm pelo braço sem nenhuma delicadeza.

— Peraí, peraí. Onde que você vai?

— Não é assim não, tem que se identificar na portaria.

— Minha mãe está aí!

— A sua mãe e mãe de um monte de gente, mas você tem que passar na recepção primeiro. Fique calmo.

— Fique calmo é o cacete, eu vou entrar...

Com a firme barreira formada pelos dois seguranças, Jeferson acaba se acalmando por força das circunstâncias. Na recepção, informa o nome da mãe e, como muitas outras pessoas, tem que sentar-se e aguardar que alguém venha lhe trazer notícias. Ao olhar em volta, se dá conta da multidão sofredora: homens, mulheres, crianças, gente se arrastando, em cadeira de rodas, em maca, curativos mal ajambrados, lágrimas, sandálias velhas, roupa suja. A noite cai de repente, sai para fumar, retorna à recepção e alguém lhe diz que uma enfermeira logo virá procurá-lo. Passam-se mais vinte minutos e, quando a chefe da enfermagem desponta pelo corredor, sem saber o motivo Jeferson se levanta.

— O senhor é o parente da paciente Ondina Cruz?

— Sou filho.

Apesar da tensão do momento, Jeferson olha com interesse para a mulher. Idade incerta, cabelos pintados de louro, corpo pequeno e apertado dentro do uniforme de enfermeira.

— Meu nome é Nice, sou a chefe da enfermagem do plantão da noite. Sua mãe sofreu uma violenta concussão cerebral. Você sabe o que aconteceu?

— Não, eu não estava em casa, foi uma vizinha que me avisou.

— Ela até deu sorte, porque a ambulância dos Bombeiros chegou logo. Mas você vai ter que abrir um boletim de ocorrência na delegacia. Como você se chama?

— Jeferson. Mas na delegacia?

— Sim, a sua mãe foi espancada.

Orlandão, filho da puta, pensa Jeferson, trincando os dentes e apertando os dedos contra a palma da mão até quase sangrar.

— Depois, depois eu faço isso, posso entrar para ver ela?

Nice olha com calma para o jovem à sua frente. Bermuda, tênis caro, cordão com crucifixo, um volume na cintura que a camisa do Botafogo disfarça bem pouco. Experiente, ela sabe que tipo de gente frequenta a emergência do hospital, e como é melhor negociar do que encrencar.

— Você pode entrar para ficar alguns minutos, mas vou pedir uma ajuda para a caixinha da enfermagem.

Num movimento rápido, Jeferson mete a mão no bolso da bermuda tira três notas de cinquenta reais e coloca no bolso do jaleco de Nice.

— Com isso posso ficar mais um pouco?

— Vem comigo.

Atravessam a sala de espera e entram pelo corredor que leva aos boxes da emergência. O cheiro de éter e detergente se mistura no ar, um ou outro gemido ao fundo, a luz branca clareia um chão irregular, algumas macas vazias formam uma espécie de curral. Nice abre a porta do almoxarifado e fecha assim que Jeferson entra. De uma gaveta tira um jaleco e o entrega com um olhar bem sacana. Ele desabotoa a camisa, mas ela o detém, passando a mão gulosamente por seu peito sem pelos.

— Não, veste por cima que fica mais fácil na hora de tirar. E outra coisa, esta arma fica comigo.

— Não acho legal — Jeferson está irritado mas sabe que terá que ceder.

— É isso ou nada, neném.

Num gesto rápido ele entrega a pistola a Nice, que a guarda na mesma gaveta de onde tirou o jaleco.

— Você está muito nervoso. Quando acabar a visita, passa aqui que eu vou lhe dar um calmante...

Pouco depois, ao lado do leito de Odina, ele sente o ódio crescer novamente: o estado da mãe é crítico, os olhos inchados, os lábios partidos, a cabeça envolta em muitas bandagens, soro no braço.

— Sou eu, mãe.

— Jefinho, Jefinho...

— Estou aqui, mãe, mas não fala nada não, é melhor descansar para ficar boa logo.

Ela o segura pelo braço, e o atrai para bem perto, precisa falar mesmo sem força, sem fôlego.

— Jefinho, escuta o que eu vou dizer... Eu não vou sair dessa não... O filho da puta do Osvaldo me pegou de jeito.

— Deixa comigo, mãe, eu vou dar um jeito nele.

— Não, não, não perde seu tempo com ele, ouve o que eu vou dizer...

Odina sussurra lentamente uma pequena história para Jeferson, que vai ficando cada vez mais surpreso à medida que ela fala. Nice aparece e olha com preocupação a cena, batendo no pulso para mostrar que está na hora de encerrar a visita.

— Estrada da Lavra, 14, Lençóis, Bahia. Anota esse endereço para não esquecer. Vai lá e pede para entrar. É a casa do seu avô postiço.

— Mas... ele é preto mesmo, mãe?

— Era sim, é daí?

— Que merda.

— Não fala assim. Ele me ajudou muito. Você chega lá e se apresenta, diz que é filho da Odina, que é neto do Aristeu. Faz o que eu disse, promete?

— Prometo, mãe.

— Vamos, vamos, acabou o tempo, está quase na hora da ronda, se a doutora te pega aqui fica ruim para mim — Nice ajeita o lençol sobre Odina e empurra Jeferson com suavidade para fora da unidade.

— Descansa aí, mãe, amanhã eu volto.

Uma hora depois, abraçado a Nice no banco traseiro do carro dela em um canto do estacionamento do hospital, Jeferson divide um cigarro após uma transa que não durou nem dez minutos. Distraído, ele acaricia os seios de Nice, adornados por uma guia de contas azul, furta-cor lilás e azul-celeste.

— Você é muito apressado... — ela comenta baixo, sem inflexão na voz.

— Sou não — ele responde distraído, jogando a guimba pela janela.

— É sim. Viciado em punheta, né?

— Você que está dizendo — tenta pegar a guia, mas ela empurra sua mão — Você é macumbeira?

— Sou umbandista. Você sabe o que aconteceu com a sua mãe, não sabe?

— Não sou nenhum babaca, claro que eu sei.

— Então o meu conselho é que você faça um boletim de ocorrência na delegacia.

— Não quero assunto com a polícia, meus problemas eu resolvo.

— Vê lá o que você vai fazer, neném...

— Vou voltar lá, estou sentindo que ela precisa de mim.

Nice puxa a blusa para cima, se recompõe, Jeferson levanta a bermuda e sai do carro. Os dois se encontram do lado de fora, um vento quente bafeja os corpos ainda suados.

— Você que sabe, mas eu não posso aparecer antes das oito da noite — diz ela.

Os dois se abraçam, pela primeira vez ele sente vontade de chorar, mas não, não vai deixar o sentimento apagar a ira que sente.

— Procura a Marialva na enfermagem, diz que é meu amigo — Nice senta-se ao volante e liga o motor.

— A caixinha foi gorda? — é tudo o que ele consegue dizer.

— Sim, foi ótima, vamos poder comprar lanche para as enfermeiras e enfermeiros. Mais uma coisa... Gostei de você, Vê se não some. Já sabe, meu plantão começa sempre às oito da noite.

Faz um gesto que parece um adeus e acelera devagar, ele apenas espia o automóvel desaparecer na noite e em seguida caminha de volta para o hospital. Na recepção, pede para falar com a enfermeira Marialva, mas tem que esperar quase duas horas, sentado naquela horrível cadeira de plástico. E, quando ela chega, meneando a cabeça, ele percebe, mesmo antes que fale qualquer coisa, que Odina não resistiu.

XXXIII
Quebra-quebra

Os trovões ao longe indicam que a chuva vai chegar em breve, mas nem por isso os homens atocaiados arredam pé da campana. Estão ali porque o Turco Gordo mandou, mas ninguém sabe ao certo a razão. Depois de olhar para cima e perceber que vem água grossa, Piranho decide animar a tropa.

— Este é o serviço mais molezinha que vocês vão fazer...

Da casa do outro lado da rua sobe o som da cânticos e atabaques, e um único poste de luz mal ilumina a placa da Tenda Caboclo Sete Flechas.

— Ainda não entendi, pra que isso? — Jeferson não consegue atinar com a razão.

— Porque o Turco mandou — Carluxo cospe um catarro longe, está meio gripado.

— Maluco, você vive perguntando merda — Zérruela meneia a cabeça, reprovando.

— O Pastor Josué foi reclamar com o Turco que esse povo está fazendo feitiçaria para tirar os crentes da igreja dele. Menos crente, menos dinheiro. Menos dinheiro, o pastor vai lá no Turco atrás de doação. O motivo é esse, grana, entendeu? Então vamos que está na hora do Bonde de Jesus...

Com exceção de Jeferson, todos tiram do bolso máscaras ninja e as colocam em um movimento quase sincronizado. Piranho pergunta, irônico:

— Você vai de cara limpa?

— Preciso me esconder?

— Olha, tu quer ser o único que eles vão ver na hora de quebrar o santo? Podem jogar um bagulho em cima de você, esse lances aí de macumba. Esse povo não vale porra nenhuma...

— Caralho, ninguém me avisou.

Piranho tira outra máscara do colete e joga para ele, num gesto bem debochado.

— Prestenção, maluco, se toca das paradas.

Um trovão arrebenta bem perto, o céu dá uma relampejada firme, e o bando atravessa rua, porretes na mão, armas bem guardadas, a ordem é só quebrar, nada de presunto. A primeira imagem a ser destruída na carreira do Bonde de Jesus é o Zé Pelintra na entrada da Tenda. Está ali há tantos anos, infenso a qualquer tipo de intempérie, mas não resiste ao golpe que Piranho lhe dá de passagem. O bando entra aos gritos no terreiro cheio de gente, quebrando tudo o que encontra pela frente. Atabaques, alguidás, vasos, outras imagens de santos, os panos que cobrem as mesas, e as pessoas, completamente apavoradas, se acavalam para fugir pela única porta. Zérruela investe contra um pequeno bar ao fundo da grande sala, destruindo toda a comida que encontra. Carluxo arranca das paredes as imagens ao seu alcance, enquanto Jeferson, chave de fenda em punho, fura o couro dos instrumentos caídos no chão. Quando a destruição parece ser completa, o bando se vê frente a frente com a ialorixá do terreiro, Mãe Flávia de Oxum, que do alto dos seus 60 e tantos anos arranca uma voz poderosa para interpelar a capangada.

— Carlos Eduardo, seu moleque safado, que merda é essa que você está aprontando?

Surpreso, Piranho se detém diante da mulher que emana poder, sabedoria e antiguidade.

— Você acha mesmo que com essa máscara vagabunda eu não ia te reconhecer?

— Olha aqui, mulher, o que eu vou te dizer...

— Vai dizer o quê, seu cagão?

— Acabo o tempo da macumba aqui na comunidade! Pode baixar noutro terreiro! Da próxima vez o bicho vai pegar de verdade, entendeu?

— Entendi, mas você arrombou uma porta que não devia... Aguente!

Sob o olhar furioso da mãe de santo, Piranho faz um gesto e o bando sai quase que correndo do terreiro. Do lado de fora, a chuva grossa empapa a todos eles. Piranho caminha a passos largos, tira a máscara, deixa a água correr pelo rosto. Jeferson também tira a sua e se aproxima dele.

— Carlos Eduardo, é?

— Vai se foder, maluco.

XXXIV
Salve, Iemanjá

Manhuaçu, Simonésia, Conceição de Ipanema, Mutum, Alto Capim, Laranja da Terra, Fundão, Coqueiral, as pequenas cidades e vilas vão sendo riscadas do mapa à medida que o carro avança pela estrada. O tanque de gasolina dá sinais de que necessita de recarga, Jeferson sente a infernal vontade de fumar, a câimbra nas pernas começa a incomodar Baldwin.

— Já estamos na Bahia? — Jeferson olha distraído pela janela.

— Ainda não, Espírito Santo.

— Vai escurecer e a gente não tem onde parar...

Alguns quilômetros depois, a placa verde meio enferrujada avisa que estão entrando no município de Barra do Saí.

— O mar, finalmente o mar — aponta Baldwin a extensão cinzenta que surge do lado direito da estrada.

— Você gosta?

— Meu pai era marinheiro, eu fui criado numa ilha... só posso gostar.

— Vamos entrar na cidade?

— Melhor não, quem sabe a gente encontra um lugar mais escondido.

Saindo mais uma vez da estrada principal, Baldwin parece acertar sem mesmo conhecer o lugar. Rodam um pouco por uma variante meio barro, meio areia, até se deparar com um pequeno povoado à beira-mar. São poucas casas, cobertas com palmas e outras folhagens, mas há algo diferente ali. A ruela que vai dar na praia está enfeitada com pequenas lanternas iluminadas por velas que balançam com a brisa salgada. Baldwin estaciona um pouco antes da primeira casa, e Jeferson nem espera o motor desligar para descer.

— Estou enjoado de tanto carro — diz, saltando com a mochila e acendendo um cigarro.

— Sim, vou dar um refresco no motor e nas pernas... — Baldwin desliga o motor, apanha a guia no retrovisor e a coloca no pescoço, ao lado do patuá de Oxum que sua mãe, havia tantos anos, insistira que usara. Caminhando sem pressa rumo ao quebra-mar, tem um breve lampejo de Paquetá, enquanto Jeferson, ainda trincado, olha em volta em busca de inimigos. Mas todas as casas estão vazias, ninguém nas redondezas, parece uma vila abandonada ou fantasma. Mas aquelas lanternas, quem as colocou ali? A resposta está mais à frente — ao chegar à praia, uma mulher morena, cabelos negros, enfeitada com fitas, colares e outros adereços caminha em direção a eles, e Baldwin repara nas cores, brancas e azuis, que predominam em sua saia rodada, na blusa bordada. No pequeno cais, dois barcos ondeiam preguiçosos.

— Boa tarde...

— Boas — responde Baldwin, encantado com a bela figura.

— Bonito o nosso lugar, não é?

— É... é sim... — balbucia Jeferson, sentindo um arrepio que sobe pelas costas e deságua no pescoço.

— Vai ter festa? Onde está todo mundo? — Baldwin olha ao redor e vê ao longe um grupo de pessoas que caminha com vagar em direção a eles.

— Dois de fevereiro — diz ela — dia sagrado para todos nós.

— Dia de Iemanjá — traduz Baldwin para Jeferson, que parece siderado.

— Vai ter festa? — Jeferson olha para o grupo que se aproxima.

— Sim, muita, é a nossa festa, e eu sou a Capitoa.

O marulho das ondas, ainda que sutil, funciona como um calmante. Pequenas espumas brancas bordam o cinza escuro das águas, tranquilas em seu movimento constante.

— Vocês são de onde? Chegaram naquele carro... Vieram para as oferendas?

— Não, nós estamos de passagem, estamos indo para a Bahia — pela primeira vez Jeferson consegue olhar nos olhos da bela Capitoa.

— Todo mundo está sempre de passagem por aqui... Bem, se vão ficar, aproveitem bastante porque a noite vai ser mágica. E depois das oferendas temos a nossa comida da terra.

A Capitoa sai rumo ao grupo de devotos, Jeferson e Baldwin sentam-se na areia, inteiramente relaxados, A luz do dia vai se apagando, dando lugar a uma noite cálida, cheia de estrelas. Aos poucos, a música que o grupo entoa chega a eles, embalando pensamentos, trazendo lembranças perdidas. São homens e mulheres vestidos de branco, alguns com velas nas mãos, outros com pequenos barcos com flores, perfumes, espelhos e outros presentes.

— Oh, que barco tão lindo que vem sobre as ondas do mar, ele traz as vibrações de nossa mãe Iemanjá... — o cântico reverbera longe.

Caminham sem pressa para dentro das marolas, colocando as oferendas um pouco depois da arrebentação. Baldwin olha para Jeferson e percebe que ele está transido, olhos escancarados, as mãos fechadas com força, como se lutasse contra algo muito intenso, respirando com dificuldade.

— Relaxa, rapaz, deixa essa onda te levar — é tudo o que consegue dizer, ele mesmo emocionado com a beleza do momento.

— Iemanjá, Iemanjá, ela é a rainha do mar, brilhou, brilhou no mar o manto de nossa mãe Iemanjá...

A Capitoa passa por eles, parece flutuar sobre as águas, o sorriso brilhando, os olhos doces, guiando os músicos que acompanham o povo das oferendas, os violões com fita, os chocalhos, os pequenos tambores. É quando os olhos de Jeferson se enchem de lágrimas e ele chora um pranto reprimido sabe-se lá desde quando.

— Não posso, não posso, porra, não posso... — geme.

— A marola do mar vai levando, Iemanjá quem vai navegando, a marola do mar vai levando e seus filhos ela vai deixando... — o cântico se mistura ao rumor das pequenas ondas.

Baldwin tem a sensação de que já ouviu aquela canção em algum lugar de sua infância, mas não consegue se lembrar onde. Teria sido Yolanda? A Capitoa se ajoelha junto a Jeferson e coloca as mãos sobre a sua cabeça.

— Ouça o chamado, rapaz, vem das profundezas do mar, dos planos astrais...

Alguns fogos de artifício cruzam o céu, apenas riscos coloridos, sem explosões, clareando brevemente os muitos barquinhos com oferendas balançando no mar sereno.

— Vem comigo, vem — diz a Capitoa, pegando Jeferson pelas mãos.

— Vai rapaz, vai nessa, espera mais não — Baldwin sorri enquanto fala.

Num impulso, Jeferson levanta-se, guarda o coldre com a arma e os sapatos na mochila e deixa-se conduzir com passos incertos pela Capitoa, entrando aos poucos no mar. A água molha a barra de sua calça, mas, no enlevo, ele só sente as macias mãos da Capitoa levando-o para a paz.

XXXV
Presunto no micro-ondas

Fumando um cigarro junto a uma pilha de pneus no terreno onde pratica tiro ao alvo, Jeferson espanta algumas moscas que começam a zumbir ao seu redor. Elas sabem o que fazem, pois de dentro da pilha emerge um par de pernas, um pé calçado com tênis, o outro descalço. Quando acaba de fumar, chega Piranho, rádio-escuta na mão.

— Chamou por quê, maluco?

— Preciso queimar esse presunto.

Piranho caminha até os pneus e olha para dentro da pilha, mas não consegue ver o rosto do defunto.

— Quem é? — pergunta.

— O filho da puta que matou a minha mãe.

Piranho se aproxima novamente e olha outra vez, reconhece a camisa do Botafogo que é o uniforme de Orlandão.

— Caralho, maluco, tu matou o teu pai?

— Matei o filho da puta que matou a minha mãe. Como você me disse que só você pode acender o micro-ondas, te chamei aqui.

— Os caras do bicho vão achar que o Turco é que fez isso. Sentiu o tamanho da cagada?

— Ninguém precisa saber, só eu e você. Combinado?

Praguejando, Piranho vai ao fundo do terreno e volta com um galão de gasolina. Empapa os pneus, acende uma bucha de papel com o isqueiro e joga na pilha. Em instantes as chamas lambem tudo, e a fumaça negra sobe reta para o céu.

— Maluco, se der merda, você vai segurar essa, ouviu?

— Deixa comigo — responde Jeferson, dando de ombros e caminhando para fora do matadouro.

XXXVI
Ialorixá Flávia de Oxum

A casa na pequena vila no bairro do Encantado é uma extensão da tenda da ialorixá Flávia de Oxum. O pouco que restou de seu antigo terreiro, destroçado pelo Bonde de Jesus, ela levou para o novo lar, sabendo que muito irá demorar até encontrar uma nova terra consagrada e para lá levar seu sacerdócio. Por isso, quando bate à porta, Baldwin teme encontrar uma mulher triste, derrotada. Mas não é o que acontece.

— Baldwin, você está um homem lindo!

O abraço ritual entre os dois é cheio de carinho, e ela o toma pela mão, levando-o para o pequeno quintal na parte de trás da casa.

— Fiquei preocupado quando eu soube o que aconteceu, tive medo que tivessem machucado a senhora.

— Seria só meu corpo físico, meu filho, porque o espírito, você sabe...

Baldwin olha para os objetos que estão agrupados junto a um muro coberto de hera, é pouca coisa, mas certamente têm um grande significado. Aqui e ali, imagens de Oxum em sua várias encarnações, o amarelo e o dourado predominando no panos, nos adereços.

— Além da visita a uma velha amiga da família, o que traz você aqui?

— Sonhos.

Alguns minutos depois, deitado em uma esteira, cercado por ervas que ardem em vasos de barro, Baldwin desata sua angústia para a ialorixá, que ouve suas palavras com apreensão.

— Sonho, eu sonho muito a mesma coisa. É sonho ruim, onde estou matando um homem. Enforcado. Ele grita e eu puxo cada vez mais a corda.

— Você não tem cumprido a sua obrigação — a voz dela é suave mas tem um travo rigoroso.

— E tem mais. No sonho sou um escravo, um escravo que vai matar um outro negro, é possível uma coisa dessas?

— Há alguém querendo te dizer algo, Baldwin.

— Quem? Mas por que eu?

A ialorixá caminha até a cozinha, apanha uma bebida que está há dias sendo preparada com várias folhas diferentes e leva um caneca para Baldwin, que senta-se com as pernas cruzadas na esteira.

— Isso eu não sei dizer, mas a gente não tem uma só vida. Muitas coisas podem ter acontecido em outra encarnação. E outras ainda vão acontecer.

Tocado pelas ervas e pela bebida, Baldwin levanta voo e de repente está em outro plano, diante de um rio onde a luz faz faiscar o cascalho, vozes ao longe cantam uma velha canção dedicada a alguém que ele não consegue dizer quem é. É um chamado, uma sintonia com algo que ele tenta divisar mas que a mata ao redor do rio esconde. Quando dá por si, está ao lado da ialorixá, que, sorridente, segura sua mão.

— Venha, vamos comemorar a sua visita.

Pouco depois, diante da mesa com um lanche frugal, Baldwin dá a má notícia.

— Fui demitido há uma semana. Pelo menos me pagaram tudo. Dez anos de trabalho. Maré braba...

— Cada qual com seus problemas. Não vê aqui? Quebraram o meu terreiro, me expulsaram da comunidade onde eu estava há tantos anos... Acha que eu me entrego? A força da fé me acolhe e me sustenta, com todos os santos. Você também devia confiar.

— Queria ter essa fé.

— Sabe de quem me lembrei agora? Da sua mãe, Yolanda. Linda. Positiva. Ligada no astral. Yolanda não ia querer ver você assim, sofrendo por teimosia. Volte aos ritos, Baldwin, talvez encontre a resposta para os seus sonhos.

Na porta da casa, vendo a noite cair devagar, chega a hora da despedida.

— O que você vai fazer agora?

— Comprar um carro na prestação e trabalhar como motorista. É o que eu sei fazer...

— Oxum, como sempre, vai te proteger, está aí com seu patuá?

— Está sempre comigo.

— Então reze comigo antes de sair. Oh! mamãe Oxum, proteja-me, faça que o amor seja constante em minha vida, e que eu possa amar toda a criação de Olorum. Proteja-me de todas as mandingas e feitiçarias. Dai-me o néctar de sua doçura e que eu consiga tudo o que desejo: a serenidade para agir de forma consciente e equilibrada.

— Oraraieu! — exclama Baldwin, abraçando a ialorixá antes de partir.

À medida que ele se afasta, Mãe Flávia de Oxum ouve o som da uma cachoeira e sorri, tanta água ainda há para rolar...

XXXVII
Alemão no pedaço

O fim de tarde na comunidade tem uma variada trilha sonora: programas de rádio, música sertaneja, funk no alto-falante da venda, mas nada disso parece atrapalhar a preguiça de Jeferson, recostado numa cadeira de plástico em frente à casa do Turco, sonhando com os peitos de Nice. O sol despenca sobre as vielas, mas, antes que anoiteça, a voz metálica de Piranho no rádio o desperta.

— Maluco, prestenção que tem alemão no pedaço.

Jeferson salta da cadeira, pistola destravada, e se esconde atrás de um grande latão de lixo, que na verdade está cheio de cimento. Levanta a cabeça para ver onde está Piranho, do outro lado da viela, atrás de um poste, fuzil ensarilhado, e que faz o gesto de "senta o dedo". O som que se incorpora à música do rádio é o de uma motocicleta com o escapamento aberto, na verdade duas, e, quando a primeira entra na rua, Jeferson vislumbra a dupla — motorista e garupa com metralhadora —, capacetes vermelhos, roupa preta. Antes que tenham tempo de disparar, são atingidos pela frente e por trás pelos disparos de Piranho e de Jeferson. O motorista cai com o pescoço jorrando sangue, o garupa rola pelo chão e consegue disparar uma rajada, mas Jeferson, metodicamente, acerta quatro tiros em sequência e manda o desgraçado para os quintos dos infernos.

A segunda moto ao perceber o destino da primeira, freia e numa manobra rápida pega o caminho de volta. Piranho tenta acertar, mas o fuzil engasga. No fim da refrega, há dois corpos e uma moto no chão, e Piranho, irritado com sua arma, sai do esconderijo, levanta o dedo para Jeferson, ao longe ainda soam rajadas e até a explosão surda de uma granada.

— Maluco, tu foi bem pra caralho — diz recolhendo no chão as armas dos mortos.

— Quem são esses putos?

Piranho se abaixa e com alguma dificuldade arranca o capacete do motorista.

— Puta que o pariu!

— Quem é?

— É o Tinguela... Homem do Zé Firmino...

— Sei lá quem é Zé Firmino!

— Não sabe, mas devia saber! É o chefe do seu pai! Maluco, eu te falei, você começou uma guerra e não vai ter como terminar... Faz o seguinte, se arranca que eu vou te dar um tempo e tentar limpar a barra. Vai!

Jeferson não pensa duas vezes — só neste instante entende que a morte de Orlandão foi um erro que não tem conserto. E que Piranho não vai livrar sua cara, muito pelo contrário, vai cuidar da dele e que se dane o resto. À sua frente, só há uma saída, e vai buscá-la imediatamente. Recolhe as duas caixas de bala sob a cadeira e, caminhando apressado, se dirige à boca de fumo controlada por

Turco Gordo. Bate na janela três vezes, fechada por conta do tiroteio, e espera ansioso que alguém responda.

— Qual é? — pergunta uma voz que parece sair de uma gruta profunda.

— Sou eu, o maluco.

— O que é que tu quer?

— O Turco me mandou aqui apanhar a bufunfa do fim de semana.

— Tu? Tá esquisito, isso é assunto para o Piranho.

— O Piranho tá recolhendo os presuntos, não ouviu os tiros? Vamos, rápido, porque os meganhas tão chegando e no meio dessa confusão não vai ter arrego.

Depois de alguns instantes, que Jeferson imagina serem uma eternidade, a janela se abre e um braço passa uma mochila negra.

— Entrega isso logo pro Piranho — ouve a voz dizer antes da janela fechar novamente.

Sem nem olhar para trás, Jeferson toma o rumo para fora da comunidade, caminhando com vigor. Ao chegar na Avenida Brasil, toma o primeiro táxi que aparece na sua frente e some no trânsito intenso do começo da noite. Na casa de Turco Gordo, o chefe, fuzil na mão, estrebucha recebendo informações desencontradas pelo radio sobre o tiroteio, até que chega Piranho.

— Caralho, Piranho, que merda foi essa?

— Foi... o pessoal do Zé Firmino.

— Veio fazer aqui o quê? Desde quando o bicho se mete com a gente?

— É que... passaram o rodo no Orlandão. Devem achar que foi o nosso pessoal.

Turco dá uma longa baforada no charuto, coça a barriga, olha em volta como se procurasse algo.

— Quem passou o rodo nele?

— Foi o maluco.

— O maluco matou o pai?

— Ele disse que o pai matou a mãe...

— E que porra eu tenho a ver com isso? Vou entrar em guerra por causa de um maluco? Tu sabia disso?

— É... mais ou menos...

— Então, seu merda, tu vai limpar esta cagada entregando o maluco para Zé Firmino, entendeu? E depois a gente vai acertar as contas...

— Deixa comigo.

— Vivo ou morto, entendeu?

O barulho no rádio corta a conversa, e Piranho atende, agradecendo em silêncio a interrupção.

— Piranho, é o Zérruela.

— Na escuta.

— O maluco passou por aqui e levou a grana do fim de semana para aí. Já chegou?

— O quê?

— Ele disse que foi o Turco que mandou...

Enfurecido, Piranho joga o rádio no chão, e Turco completa com um chute que o espatifa contra a parede.

— Eu quero esse filho da puta vivo e com a grana, porque vou matar ele devagar!

XXXVIII
Fuga para Ilhéus

— Olha isso — Carluxo aponta para o carro da Baldwin iluminado pelo faróis da picape, estacionado na entrada do pequeno povoado de Barra do Saí.

— Achamos os filhos da puta — comenta em voz baixa Zérruela, fazendo uma manobra que coloca o veículo ao lado do automóvel negro.

Os três homens descem, armas na mão, rodeando cautelosamente o carro. Ao se darem conta de que está vazio, relaxam um pouco, mas só por uns instantes, pois Piranho mete a mão na maçaneta e descobre que a porta não está trancada. Zérruela e Carluxo já estão dentro, em busca de qualquer coisa que indique o paradeiro do maluco, mas é o chefe quem encontra o mapa caído sob o banco da frente.

— Lençóis... — resmunga, mostrando o mapa com a cidade assinalada com uma caneta para os outros dois.

— Será que eles já foram para lá? — Carluxo não é muito brilhante.

— Claro que não, sua besta, iriam andando? Voando? Zérruela, pega o galão no porta-malas e vamos acabar com a farra desses cornos.

Na beira da praia, Baldwin olha comovido para Jeferson, que segue a Capitoa em seus passos para dentro da água. Alguma coisa ele vai aprender com isso, pensa, ainda que seja apenas um relance de beleza no meio desta casca grossa. Na verdade, ele mesmo está emocionado, pois já viu ao longo da estrada sinais de que há uma legião de encantados protegendo seus passos. Só não entendeu ainda o motivo de ter sido escolhido para esta tarefa. Não teria sido melhor para todos que Jeferson houvesse eleito alguém como ele, traquejado em assuntos de bandidagem? Antes de começar a buscar respostas, o som do alarme de seu carro soa distante. Durante alguns instantes acha que esqueceu a porta aberta, mas, quando uma violenta explosão clareia o céu, seguida de uma nuvem de fumaça negra, se dá conta de que seu instrumento de trabalho acaba de ser destruído. Jeferson, despertando do enlevo, solta-se das mãos da Capitoa e retorna correndo para junto de Baldwin na areia.

— Porra, porra, que foi isso?

— Só pode ter sido meu carro, olha a fumaça! — Baldwin leva as mãos à cabeça.

— Eu vou pegar esses filhos da puta agora! — berra Jeferson, abaixando-se para apanhar a mochila.

— Você não vai pegar ninguém! Sozinho contra um bando?

A Capitoa se aproxima, as feições transtornadas pelo medo, e coloca suas mãos sobre os ombros de Baldwin.

— Vocês têm que sair daqui agora!

— Para onde, irmã? Fugir como?

— Vocês vão correr para o cais e pegar o barco azul... O marinheiro Pedro está lá... Digam a ele que a Capitoa mandou levar vocês para Ilhéus... mas vão agora!

Jeferson, mochila nas mão, e Baldwin, com par de tênis, correm em rumo ao cais.

Piranho, Zérruela e Carluxo caminham pela única rua do povoado, parando para espiar cada casa do percurso, mas não há ninguém. Chegam à praia e se deparam com o grupo de devotos, que vão abrindo caminho à medida que os três homens, armas em punho, avançam em direção à beira-mar.

Jeferson e Baldwin chegam ofegantes ao cais, pulando imediatamente para dentro do barco azul que leva o sugestivo nome de Estrela Guia. Deitam-se no tombadilho, sob o olhar curioso do marinheiro Pedro, um homem negro de barba branca, idade indefinida, um tosco cachimbo pendendo da boca.

— A Capitoa disse... começa Baldwin.

— Eu sei o que ela disse — interrompe o marinheiro, soltando o cabo de amarração e dando partida no motor de centro que move a embarcação.

— Como ele sabe? — Jeferson não consegue entender o que está acontecendo.

— Cara, eu não tenho resposta para tudo!

— É para Ilhéus que nós vamos, sob a benção de Iemanjá!! — grita o marinheiro, apontando o leme para a saída da barra.

Na beira-mar, três homens armados cercam a Capitoa, que, apesar do medo que a consome, tenta manter a calma.

— Cadê os filhos da puta? — Piranho é o primeiro a se manifestar.

— Meu filho, aqui somos todos devotos — quase sussurra a Capitoa.

— Devotos é o caralho, para onde eles foram?

— No que posso ajudar vocês? O nosso exército é da paz, ninguém precisa de armas aqui...

A frase é interrompida pela violenta bofetada que Piranho assesta no rosto da mulher, que cai de joelhos.

— Fala, sua puta, ou vai morrer agora!

Como que tocados por um ordem silenciosa, homens e mulheres, as lamparinas acesas, vão rodeando a cena, mas o movimento é tão sutil que Piranho só percebe quando estão ilhados pelos devotos.

— Oh, que barco tão lindo que vem sobre as ondas do mar, ele traz as vibrações de nossa mãe Iemanjá... — cantam em coro.

Carluxo é o primeiro a se impressionar com a cena. Abaixa a arma e segura a mão de Zérruela, que também abaixa a sua. Só Piranho mantém a pistola apontada para a cabeça da Capitoa.

— Chefe, não adianta, não quero me meter com assunto de curimba — diz Carluxo.

Olhando para o mar, Zérruela consegue ver o pequeno barco azul desaparecendo aos poucos na barra.

— Será que os filhos da puta fugiram naquele barco? — aponta.

— Só pode ser, eles não iam sair voando, né?

— Ela é a rainha do mar, brilhou, brilhou, brilhou no mar o manto de nossa mãe Iemanjá... — o cântico segue calmo, como se nada daquela violência estivesse acontecendo naquele momento.

— Tu se livrou dessa, sua vagabunda, mas vai ficar me devendo! — Piranho coloca a arma no coldre.

Carluxo, com o mapa nas mãos, consegue enfim ter uma ideia.

— Olha aqui chefe, a próxima cidade na beira é Ilhéus... Vai que eles fugiram para lá...

— Vamos embora, estou de saco cheio desse povo macumbeiro — diz Piranho, empurrando um homem à sua frente e rompendo o círculo que o cerca.

Depois que os três se retiram, a Capitoa se levanta, limpa a areia da roupa, eleva as mãos para o mar e agradece.

— Obrigada, minha mãe, me proteja e aos seus filhos de todo mal.

Ali perto, sem que ninguém perceba, uma serpente se arrasta rumo à vegetação que limita a estrada da areia da praia.

XXXIX
Não quero ir, vovô

O antigo casarão, chão de tábuas corridas, na Estrada da Lavra, mantém a elegância apesar da passagem do tempo. Já tem um século de existência, mas os bons cuidados proporcionados pela família do velho Aristeu garantem sua integridade. Pertenceu a uma família garimpeira que preferiu trocar Lençóis por Salvador, e foi vendida, junto com a lavra, por um preço justo pelo antigo proprietário. Aristeu, assim como seus antepassados, se criou na lida de diamantes, ofício aprendido através de seu bisavô escravo, de quem se contava haver chefiado uma rebelião contra o senhor daquelas terras. Tudo isto é meio história, meio lenda, e o velho Aristeu, sentado em sua grande cadeira de balanço na sala do casarão, vive um doloroso momento de despedida. Sentada em seu colo, abraçada a seu pescoço, a pequena Odina chora sem muito alarde. Na porta, impaciente, uma mulher aguarda de braços cruzados o fim da cena.

— Não quero ir, vovô...

— Você vai ser sempre minha neta querida, Odina. Mas agora você tem que ir com a sua tia. Ela vai levar você para o Rio, vai conhecer o mar, outras coisas...

— Mas eu não quero, vovô, eu quero ficar aqui, brincar no rio, catar pedra...

Aristeu suspira e enxuga com a mão as lágrimas que rolam pelo rosto da menina. Desde que seus pais foram mortos numa rixa havia cinco anos, adotara informalmente Odina, filha de um catador pernambucano que trabalhara em sua lavra com honestidade e dedicação. O fato dela ser branca gerou comentários maldosos na preconceituosa elite de Lençóis, mas Aristeu não dava ouvidos àquele povo maldoso, o que importava é que sua própria família aceitou Odina sem restrições. Mas com o surgimento da tia, Lindalva, que seguia do Recife para o Rio com um emprego certo, não havia nada que pudesse fazer a não ser lamentar.

— Quando você veio morar com a gente, eu sabia que tudo ia dar certo, sabe? Você está protegida, seu papai e sua mamãe, lá do outro lado, sempre cuidam de você.

— Vamos Odina, está quase na hora do ônibus sair.

— Calma, Lindalva, mais um pouquinho só — diz Aristeu, beijando a testa da menina.

Do lado de fora da sala, a mulher e os filhos de Aristeu, tentam segurar o choro, pois todos se divertiam com as travessuras da menina que corria pelo terreiro e adorava faiscar no rio Mucugezinho ao lado dos adultos.

— Está vendo aquele quadro na parede? — diz Aristeu, abaixando a voz para que Lindalva não escute.

— É o vovô...

— Pois é. Sou eu. Vou guardar atrás dele um presente para você. Quando você voltar aqui, mesmo que eu não esteja, você vai ali e empurra o quadro para o lado, abre a portinha que tem lá atrás, e apanha uma sacolinha com seu nome, combinado?

Neste instante, uma outra criança entra correndo na sala e se abraça a Odina, o que se faz aumentar a emoção da família.

— Não, não vai, fica aqui! — grita a pequena.

Aristeu abraças as duas, mas Lindalva não quer perder mais tempo. Caminha até elas e as separa com energia. Toma da mão de Odina, apanha a maleta com as roupas da menina e se despede.

— Muito obrigado por tudo, seu Aristeu. Pode deixar que quando chegar no Rio eu mando notícias — a tia se despede fazendo uma promessa que jamais irá cumprir.

XL
Quem vai cuidar de mim?

Vencendo bravamente as ondas da maré que sobe, o Estrela Guia segue rumo a Ilhéus, a manhã despontando na proa. Deitados no tombadilho, Baldwin e Jeferson olham para o céu a clarear, pensamentos muito distintos. Cachimbo na boca, o marinheiro Pedro entoa uma canção que o vento carrega para longe. Não há aves sobrevoando o barco, sinal de que a terra ainda está longe.

— Tem alguma água aqui? — pergunta Jeferson, sentando-se junto à borda.

O marinheiro aponta para um garrafão verde mas não se move, mantendo-se ao leme de madeira. Jeferson apanha a garrafa, bebe alguns goles e repassa para Baldwin, que sai do torpor que se apoderara de seu corpo desde que entrou no barco.

— Como vai ser minha vida agora? O seguro do carro não cobre incêndio nem explosão. Que merda foi aceitar este trabalho!

A princípio, Jeferson parece não ouvir, fascinado por uma súbita revoada de peixes-voadores que segue a traineira. Para quem nunca havia embarcado, muitas novidades e surpresas, ainda mais com tudo dourado pelo sol que já escapuliu da linha do horizonte.

— Eu vou dar um jeito quando a gente chegar em Lençóis. Eu não te falei? Parece que você não escuta...

— Qual jeito? Você não tem dinheiro nem para me pagar o serviço. Tenho mais medo do que você não me diz!

— Eu prometi e vou cumprir.

Jeferson sente uma repentina saudade de Nice, e se pergunta se algum dia voltará a ver e enfermeira, quem sabe levá-la a um motel para compensar a transa tão mal feita dentro do carro. Olha para a mochila encostada a um canto do barco e se dá conta de que a pistola é o único objeto pessoal que o acompanha naquela viagem. Levanta-se devagar e apanha a mochila, abrindo o fecho para se assegurar de que estava com o conteúdo a salvo, no momento em que um vaga acerta de lado o Estrela Guia, fazendo com que se desequilibre e despejando no tombadilho todo o conteúdo: o coldre, a arma e alguns maços de dinheiro presos por elásticos.

— Mas... você disse que não tinha dinheiro! Continua me enganando? Que belo filho da puta você é! — Baldwin tenta se levantar, mas o balanço do barco o mantém sentado.

— Se eu dissesse que tinha dinheiro para te pagar você ia me deixar, não é?

— Claro que ia!

— Então, eu preciso de você! Se eu tiver outro ataque, quem vai cuidar de mim?

— Eu não sou seu enfermeiro! Isso é problema seu! Quanto você tem aí? Dá para pagar meu carro?

— Cara, eu preciso de você... vou pagar tudo quando chegar lá... Mas preciso chegar lá!

— Eu quero meu dinheiro agora!

— É dinheiro? É dinheiro que você quer? Então não vai ter!

Com gestos rápidos, recolhe todos os maços e os atira no mar, diante do olhar estupefato de Baldwin.

— Você está completamente doido!

— Meu apelido era maluco... E agora estamos iguais! Sem nada! Quando a gente chegar lá você vai ter tudo de volta... Eu garanto!

— Então podia aproveitar o momento e jogar fora essa arma... Já viu que isso só traz desgraça para a gente!

Jeferson vai ao fundo da mochila e apanha com gestos calmos a pistola. Seu metal negro parece se destacar mais ainda entre as tábuas de madeira do barco. Uma dúvida o deixa atordoado por instantes: será que Baldwin tem mesmo parte com algo que ele não compreende? Balança a cabeça negativamente e murmura antes de devolver a arma à mochila:

— Não, não, quando a gente chegar lá em Lençóis eu dou um jeito nela.

Mudo até aquele instante, o marinheiro Pedro, tirando o cachimbo da boca, avisa à dupla.

— Se acalmem. Dentro de uma hora a gente chega em Ilhéus. Não quero quizila no meu barco, entenderam?

XLI
Tem muitas Bahias, sabia?

A picape negra vai cortando a estrada velozmente, e o silêncio entre os três homens denota a tensão que cresce à medida que o tempo passa e eles não conseguem chegar ao alvo. Piranho sabe que está com a cabeça a prêmio; Carluxo e Zérruela, embora não tenham responsabilidade direta na confusão, sabem que, se o chefe rodar, eles rodam junto, e terão que buscar trabalho em outra comunidade. Quando o carro entra em Ilhéus, a primeira ideia é ir direto ao porto, mas lá chegando, Piranho se dá conta de que ali só atracam barcos grandes e até transatlânticos. Quando pergunta a alguns estivadores sobre a existência de marinas, são informados que mais ao sul existe o Terminal Pesqueiro de Ilhéus, e é para lá que seguem em velocidade. Já na entrada percebem que estão na pista certa: àquela hora, todos os barcos estão no mar, menos um pequeno, motor de centro, tranquilamente fundeado junto ao cais. Os três homens descem sem exibir armas — não querem chamar a atenção — mas Piranho está disposto a qualquer coisa para saber o que precisa.

Fumando seu cachimbo com ar despreocupado, o velho Pedro finge não perceber que vai ser abordado pelo bando. Piranho se aproxima e sequer dá bom dia antes de começar a interrogar o marinheiro.

— Foi você quem trouxe um branco e um preto para aqui hoje?

— Bom dia...

— Muito bem, foi você quem trouxe?

— Eu levo um bocado de gente e de peixe, doutor.

— Deixe de abuso, seu velho escroto, para onde eles foram?

— Foram para a Bahia. Tem muitas Bahias, sabia? Escolheram uma e foram.

— Não sei onde estou que não lhe dou umas porradas para você responder direito.

Carluxo puxa Piranho pelo braço e aponta para a beira do terminal, onde um carro da polícia está estacionado.

— Rapaz, nada em você me assusta — o marinheiro parece imperturbável, o rosto envolto na fumaça do cachimbo.

— Nem mesmo um tiro nos cornos?

— Pega leve — Zérruela conhece a fama da polícia baiana e sabe que uma confusão só vai atrapalhar os planos.

— Não seja tolo, rapaz, só se mata quem está vivo...

Piranho cospe no chão, vira-se de costas e sai caminhando rumo à picape seguido pelos dois bandidos. Antes de entrar no carro, vira-se para fazer um gesto obsceno para o marinheiro, mas se surpreende: não há mais ninguém na beira do cais.

XLII
Com esse céu por cima

Ao descer do ônibus na pequena Barra da Estiva, a visão de duas montanhas no horizonte surpreende Jeferson e Baldwin. Afinal, até aquele momento o cenário era só de descampados, como acontece em tantas regiões da Bahia. O fim da tarde torna o ar mais fresco, e os dois perambulam pela rua principal da cidade em busca de um transporte que os leve até Lençóis.

— Não podemos ficar assim expostos — Jeferson anda com vigor, as pernas pedindo algum exercício para espantar as câimbras.

— Então temos que buscar outro jeito. Falta pouco para Lençóis, quem sabe a gente consegue uma carona? — Baldwin repara no pequeno movimento na rua.

— Quem vai levar dois caras como a gente, amassados, roupa suja, com fome na cara?

Alguns quarteirões mais adiante, uma pequena padaria deixa escapar um maravilhoso cheiro de pão fresco.

— Vamos — diz Baldwin —, para um café com leite e pão na chapa ainda tenho algum dinheiro.

Enquanto lancham em silêncio, uma carroça estaciona junto à porta, e o carroceiro, um homem negro de expressão divertida, entra na padaria. Pede no balcão um salgado de galinha. Baldwin percebe ali uma oportunidade e não espera terminar o lanche para abordá-lo.

— Boa tarde, tudo bem?

— Tudo...

— Sabe onde fica Lençóis? A gente está precisando ir até lá. Será que você podia nos levar? — pergunta.

— É um estirão... Não é melhor pegar um ônibus que sai da rodoviária?

— Nós estamos sem dinheiro no momento. — Jeferson se aproxima e prefere ser sincero.

— Entendo... Eu vou para lá, mas agora. Tem problema viajar de noite? — o carroceiro aponta para a rua como se fosse parceiro do fim de tarde.

— Tem não — Jeferson apanha a mochila e caminha para a carroça enquanto Baldwin deixa seus último trocados no balcão da padaria.

— Então vamos logo que a gente chega lá bem de manhã — o carroceiro mastiga o salgado bem devagar, para que dure bastante em sua boca quase sem dentes.

— Estrada da Lavra, conhece?

— Lá só tem uma casa, a do seu Aristeu e dona Hilda.

— Então é isso — Jeferson sorri para Baldwin, que apenas dá de ombros.

A noite chega com o trio em plena estrada; o cavalo, de aspecto cansado, trota com suavidade. Deitados no fundo da carroça, Baldwin e Jeferson contemplam a noite salpicada de estrelas.

— Vida maluca. Anteontem eu estava na comunidade, na boca da Avenida Brasil. Hoje tô aqui, puxado por um cavalo.

— Vida maluca a sua? E eu o quê? Desembestado por uma estrada escura mas com esse céu por cima. Nem sei mais o que acho — Baldwin se remexe buscando um lugar mais cômodo entre os sacos de estopa que cheiram azedo.

— Estrelas demais no céu — é tudo que Jeferson consegue dizer, assombrado com a extensão do universo.

— Isso aqui é uma beleza só — emenda o carroceiro. Vocês estão procurando trabalho? Vieram procurar família?

— Família? Nem sei se tem — resmunga Jeferson.

A noite imensa parece sufocar a conversa, tornando as palavras sem sentido. O silêncio só é cortado pelo ruído metálico dos cascos contra o asfalto, até que em determinado momento o som passa a ser mais seco, com o aumento dos sacolejos na carroça. Baldwin senta-se para espiar e repara que o carroceiro saiu da estrada principal, enveredando por uma de terra. Dá de ombros e deita-se novamente, e ninguém percebe que logo após deixar o asfalto uma picape preta passa em alta velocidade. Com o sacolejo, a mochila de Jeferson tomba de lado, e um caixa vazia de balas cai e se esconde entre os sacos de ração.

— Estamos indo para o lugar certo? — Baldwin se pergunta em voz alta.

— Sim, pegamos um atalho, estou acostumado com o caminho — responde o carroceiro.

— Desde que a gente chegue lá... — cansado de tantas estrelas, Jeferson fecha os olhos.

— Vamos chegar, vamos chegar... — cantarola o carroceiro.

— Minha mãe contava que viveu uns tempos na Bahia, quando era garota — Jeferson pela primeira vez em muito tempo se refere a Odina.

— Minha mãe era baiana — Baldwin sorri ao falar de Yolanda.

— Ela contava que tinha uma irmã preta — Jeferson fala e se arrepende de ter falado.

— Irmã de criação? — Baldwin acha graça no comentário.

— Deve ser, já viu branco ter filho preto? Ou preto ter filho branco?

— Você é muito cismado com esse assunto. E no entanto está numa carroça, no meio do sertão, sendo levado por dois pretos para o seu destino. Não acha que isso é um aviso? Um toque para você prestar atenção na sua vida e nas merdas que você faz com ela, não acha?

O primeiro sentimento de Jeferson é o de raiva. Mas em seguida se dá conta que as palavras de Baldwin fazem algum sentido. Gostaria de responder algo, mas as emoções truncadas fazem com que se defenda, embuçado atrás do silêncio. O carroceiro, que ouve a conversa sem se manifestar, tira do fundo do peito uma cantiga de santo.

— Foi na beirada do caminho, esse gonga tem segurança, à meia-noite o sino toca, à meia-noite o galo canta...

Comovido, Baldwin recorda que Yolanda também cantava um ponto para a mesma entidade, e a cantiga sai de sua boca sem esforço.

— Ô Sete, ô Sete, ô Sete Encruzilhadas, toma conta e presta conta no romper da madrugada...

XLIII
A casa na Estrada da Lavra

A queda d'água na Cachoeira do Mosquito não está em seu volume máximo. Mas os devotos ali reunidos estão felizes: o véu de gotículas que brilha à luz do sol da manhã a todos envolve num abraço úmido e carinhoso. Para chegar ali é preciso atravessar uma trilha tão bela quanto a própria cachoeira, e o ruído da água embala os corações do povo de santo. Ajoelhada e concentrada no som dos atabaques e chocalhos dos ogãs, a ialorixá sente o corpo estremecer. São oito horas da manhã e todos passaram a noite ali, pouco se importando com a friagem e os mosquitos. Paramentada para o dia de festa, aproxima-se uma jovem iaô, que, reverente, quebra o silêncio.

— A senhora sentiu isso?

— Sim. Nossos ogãs estão em sintonia com esta vibração. A hora está chegando.

— Em breve ele estará aqui.

— O que está previsto... acontecerá.

— Será que dá tempo de prevenir... ou avisar?

— Não podemos interferir, apenas nos preparar para o que virá.

— Então vou deixar tudo pronto para nossos trabalhos.

— Vamos fazer a nossa parte.

Em algum lugar da mata que cerca a cachoeira, uma serpente se esgueira tranquila: depois de tantas estradas, o Cobra Norato finalmente chegou ao seu recanto.

A alguns quilômetros dali, Baldwin tem uma sensação semelhante ao saltar da carroça diante de uma grande casa, em estilo colonial, toda branca, janelas pintadas de uma cor ocre que ele não sabe definir. Há marcas da passagem do tempo, mas nada que tire da construção a sua elegância. Jeferson também desce, mochila nos ombros, e ambos fazem questão de apertar a mão do carroceiro.

— Não sabemos seu nome — diz Baldwin.

— Todo mundo aqui me conhece como Zé da Encruza... Levo esse povo na minha carroça há muito tempo.

— Mais uma vez obrigado — insiste Jeferson.

— Fiquem bem. Se precisarem de mim outra vez...

Com um estalar da língua Zé da Encruza bota o cavalo para andar, deixando um fino rastro de poeira suspenso no sol da manhã. Baldwin faz então um gesto para Jeferson, como se dissesse — vai, agora é a sua vez, não é aqui onde você queria chegar? Alguns pássaros fazem rasantes perto deles, ao lado da casa há uma espécie de horta, seguida por um grupo de árvores que lembram um pomar. Jeferson se dá conta de uma leve agonia que até então não se manifestara. Seria mesmo aquele lugar? Estrada da Lavra? Não havia outra casa nas redondezas e o carroceiro estava muito seguro. Baldwin percebe que Jeferson titubeia mas nada diz. Este momento é só dele, e embora perceba no ar um clima que lhe é muito familiar, nada pode fazer a não ser esperar, torcendo para que tudo seja verdade e ele possa lhe pagar tudo o que deve, incluindo o carro destruído, para sua vida retomar o eixo. Se apurar os ouvidos, talvez ouça ao longe o toque de um ogã, mas ainda não é a hora da revelação. Após inspirar fundo, Jeferson enfim se decide, caminha até a bela porta de madeira e bate nela com a pequena aldraba de metal. Algum tempo se passa, e quando uma mulher negra, cerca de 50 anos, envolta em uma roupa de quem acaba de sair da cama abre a porta, fica um silêncio cheio de curiosidade de parte a parte. Baldwin sorri ao ver aquela mulher bem conservada, que lembra alguém que ele muito amou.

— Bom dia, posso ajudar?

— É... bom dia, meu nome é Jeferson, estou vindo do Rio. Sou filho de Odina, a senhora conhece?

— Odina, Odina? Meu Deus, há quanto tempo! Ela está bem?

— Ela morreu no ano passado.

— Ah, que pena, meu nome é Hilda, eu e sua mãe fomos amigas na infância. Minha irmãzinha branca — os olhos de Hilda se enchem de lágrimas, mas ela disfarça.

— Pois é, antes de morrer ela pediu que eu viesse aqui buscar uma coisa que era dela.

— E você quem é? — Hilda dirige-se a Baldwin.

— Ah, meu nome é Baldwin, sou o motorista que fez a viagem com ele.

— Motorista? E cadê o carro?

— Hum, é uma história comprida... — ele se defende.

— Entrem, meus filhos, estou vendo que vocês precisam de um banho e um café baiano.

A casa é fresca e acolhedora. A sala, mobiliada com móveis antigos, parece ter parado no tempo. Hilda os leva até o primeiro quarto, dando a ambos toalhas e indicando um banheiro no fim do corredor. Pelo silêncio fica claro que não há mais ninguém em casa e isso traz um conforto a Jeferson, que teme efusões. Não é que a mãe tinha mesmo uma irmã preta? Baldwin é o primeiro a se banhar, deixando a água fria estimular cada pedaço de sua pele. Não sabe explicar, mas se sente absolutamente à vontade naquela bela e antiga construção. Quando sai do banho, enrolado na toalha, gostaria de ter uma roupa limpa, mas a única muda que tinha ficou no porta-malas do carro incendiado. É a vez de Jeferson, que tem ao menos na mochila uma muda de camisa. Em vinte minutos estão sentados na larga mesa da copa, com café, leite, pão, bolos e frutas, que devoram diante do olhar divertido de Hilda. Saciado,

Jeferson pensa em acender um cigarro, mas percebe que não há nenhum cinzeiro por perto e refreia o desejo.

— Minha mãe me contou que foi criada algum tempo aqui em Lençóis.

— Sim. Os pais dela foram mortos numa história de vingança quando era bem pequena. Odina ficou aqui com a gente durante um bom tempo até que uma tia, que estava mudando para o Rio, veio buscá-la.

— Mas vocês conheciam minha mãe de onde? — Jeferson mira o bolo de fubá, pensando se come outro pedaço.

— Zé Gusmão, pai dela, trabalhou para nosso pai na lavra.

— Lavra? — Baldwin fica curioso.

— Lavra. Esta é uma terra que já teve muitos diamantes. Depois secou, acabou, como tudo passa nesse mundo.

— Minha mãe também era baiana. É uma linda casa. Você mora sozinha aqui? — Baldwin pergunta e estende as mãos para o bolo de fubá, interrompendo o gesto de Jeferson.

— A juventude que ir para a cidade grande... Meus irmãos e minhas irmãs foram para Salvador, São Paulo, Rio, e por lá casaram, formaram suas famílias. Alguém tinha que ficar para tomar conta de tudo que nosso pai construiu ao longo da vida. Tenho até uma irmã que nunca mais vi!

— Você sabe o que ele deixou para minha mãe? — Jeferson finalmente consegue fazer a pergunta que o atormenta.

— Sim, eu acho que sei, deve ser o mesmo que ele deixou para todos os filhos. Mas é melhor que você veja por você mesmo... Não querem descansar um pouco? Parece que estão na estrada há muito tempo...

Longe dali, na entrada de Lençóis, Piranho, Carluxo e Zérruela, do lado de fora da picape, fumam enquanto espiam o dia esquentar cada vez mais.

— Não acredito que esses filhos da puta conseguiram fugir mesmo sem carro — Carluxo fala e cospe no chão.

— O Turco já me ligou umas dez vezes querendo saber se já demos um jeito na parada — Piranho balança pensando na próxima desculpa quando o chefe chamar de novo.

— Ele deve estar muito puto com a história da grana — Zérruela atira a guimba longe e coça o saco.

— A grana é o de menos. O negócio é acalmar o povo do bicho porque com a guerra a boca não funciona. E o único jeito para isso é levar o maluco de volta. Melhor vivo do que morto, eles lá que se virem para apagar o cara. Agora, se não tiver jeito... — Piranho até prefere acabar com tudo por ali mesmo, cortar a cabeça do maluco e levar só ela de volta para o Rio.

— E como que a gente vai achar ele nesse mundão da porra? — grita Carluxo para o nada.

XLIV
Ofício dos diamantes

Duas horas da tarde — Hilda bate na porta do quarto onde descansam os recém-chegados. Jeferson dorme profundamente, mas Baldwin não conseguiu se livrar da adrenalina dos últimos dias. Levanta-se sem fazer ruído e abre a porta: Hilda faz um gesto convidando-o para a cozinha. Sentados ao redor do mesa, Hilda se diverte vendo o quanto Baldwin se delicia com o cheiro que escapole das panelas no fogão.

— Meu pai faleceu há dez anos. Mamãe foi logo depois, acho que para fazer companhia, eles eram muito agarrados. Nós seguimos cultuando a memória deles. Todo ano a família se reúne aqui para lembrá-los. Vem gente de tudo quanto é lugar!

— Deve ser muito legal viver uma tradição assim. Minha família era muito diferente. Só eu, meu pai, minha mãe. A gente vivia numa ilha. Do meu avô, pai de minha mãe, eu só tinha um retrato antigo.

— Briga de família?

— Sei lá, não sei, uma coisa assim distante. Acho que meu pai não se dava com meu avô...

— Essas coisas de família às vezes são bem difíceis. Não vê o Jeferson? Filho da Odina, quem iria que a gente ia se reencontrar um dia...

— Ouvi meu nome — Jeferson surge na porta da cozinha, o semblante mais tranquilo.

— Nossa festa para lembrar o pai vai ser na semana que vem. Quem sabe vocês não ficam por aqui para se divertir com a gente? Algumas pessoas ainda se lembram da Odina...

— Não sei, quem sabe? Primeiro preciso fazer aquilo que a minha mãe pediu.

— Ela deve ter dito como encontrar... — Hilda tem a resposta, mas espera que Jeferson se manifeste.

— Sim, guardado atrás de um quadro.

— É isso, o quadro. Foi feito quando ele fez cinquenta anos por um artista da região. A gente fez até fotos para mandar para os parentes distantes. Fica no escritório, lá ele estudava as pedras.

— Pedras... — Baldwin olha para as panelas, a boca cheia de água.

— Sim. As pedras. Nossa família começou no Brasil há muito tempo, quando nossos antepassados vieram da África escravizados para a lavra de diamantes aqui na Chapada...

— Escravos... escravos? — Jeferson parece se surpreender.

— Pois é, escravos. Nosso pai era neto de escravos libertos que trabalhavam na lavra. Assim sobrevivemos do ofício do diamante. Foi o que nos tirou da pobreza, permitiu que a gente estudasse, tivesse outra vida.

XLV
Melhor passar o rodo

Zé da Encruza cantarola mais um ponto à medida que segue pela estrada que sai de Lençóis. O calor é muito mas começa a arrefecer, o que incomoda mesmo é a moscalhada que vai se juntando sobre a carroça. O brilho de um reflexo chama sua atenção — é a luz do sol batendo em algo metálico —, o carro preto ladeado por com três homens. Sente que ali está algo ruim, mas não tem como se esquivar, pois um deles, óculos escuros, faz um vigoroso sinal para que pare.

— Boa tarde, meu amigo!

— Boa tarde!

Piranho se aproxima, enquanto Carluxo rodeia a carroça para ver o que ela tem dentro.

— Estamos procurando dois amigos que vieram para cá, mas nos desencontramos. Você não teria visto eles? Um branco e um preto...

Um enorme desejo de mentir passa pela cabeça de Zé da Encruza, mas uma ordem saída sabe-se lá de onde obrigou-o a dizer a verdade.

— Ah, deve de ser os cariocas que chegaram ontem...

Carluxo, no meio da inspeção, percebe um pedaço de papelão de cor amarela, mete a mão entre os sacos de juta e sabe do que se trata: uma caixa vazia de munição. Exibe-a discretamente para Zérruela, depois para Piranho.

— Exatamente, nós combinamos aqui mas tivemos um atraso... Sabe para onde foram? — Piranho arreganha os dentes num arremedo de sorriso.

— Para a casa de dona Hilda, na Estrada da Lavra, sabem onde é?

— Se você disser para a gente...

Cinco minutos mais tarde, rodando a toda velocidade, os três homens decidem como vão agir.

— Esse filho da puta já gastou as balas dele — Carluxo manuseia a caixa.

— Sabe lá se tem outra? — Zérruela prefere ser cauteloso.

— Como vamos fazer? — Carluxo abre a janela para deixar o ar da tarde entrar.

— Não dá para chegar metendo o pé na porta. A gente faz uma campana e fica aguardando. Quando aparecer a oportunidade pegamos ele. Tem que levar vivo...

— E se ele reagir? — Zérruela sente o dedo coçar.

— Aí a gente passa o rodo, faz um foto de celular e manda para o Turco. Melhor do que levar a cabeça, vai dar menos trabalho — encerra Piranho.

XLVI
A estampa de Aristeu

Almoçado, preguiçoso, mas ao mesmo tempo ansioso, Jeferson sai da letargia.

— Então, vamos lá? Seja lá o que for que seu pai guardou para a minha mãe, também interessa ao camarada ali.

— Ah, vocês são sócios?

— Sócios não, mas estou devendo a ele.

Hilda sorri e, seguida com passos lentos pelos dois viajantes, segue em direção ao escritório de Aristeu. O corredor tem algumas manchas nas paredes, mas nada que empane a dignidade que o tempo lá depositou. A chave está na fechadura, e Hilda a gira com cuidado, como se fosse um ritual de preservação da história ali contida. O aposento, quase totalmente escuro, dorme iluminado apenas por uma réstia de sol que vaza por uma fresta da janela trancada. Na penumbra dá para perceber uma grande mesa, alguns objetos colocados ordenadamente: balança, lupa, pinças, pequenos cadinhos, pedaços de quartzo e outras gemas. Há um odor de algo químico no ar, um pouco de poeira suspensa, mas tudo se desfaz quando ela abre a janela com um gesto vigoroso, deixando a luz do sol da tarde varar com toda sua energia.

Jeferson e Baldwin levam as mãos os olhos, protegendo-os contra a luminosidade, e, à medida que vão se acostumando, descobrem novas peças no mobiliário, pequenos armários com porta de vidro, mesinhas acumulando amostras minerais, um grande vaso de barro, e, na parede de frente para a janela, um grande quadro com a estampa de Aristeu. Ao levantar os olhos e se deparar com ele, Baldwin sofre um choque tão grande que o faz perder a respiração. As pernas perdem a força, sente que vai cair e se apoia nas costas de uma cadeira, mas ela é leve, não suporta seu peso, e ele vai ao chão diante do olhar espantado de Jeferson e Hilda.

— Baldwin, o que houve? — Hilda se assusta.

Ele quer responder mas as palavras estão aprisionadas em sua garganta. Uma enchente de emoções invade seu corpo, e com ela uma maré de lágrimas.

— Qual é? — Jeferson estende a mão mas Baldwin parece não vê-la. Passado algum tempo, finalmente se recupera, e, ainda trêmulo, revela a razão de seu assombro.

— Hilda... Aristeu... é meu avô! Eu tinha o retrato dele no meu quarto! Sou filho da Yolanda!

O silêncio invade o aposento e traz com ele ecos do passado, mas é só o vento que começa a entrar pela janela. Hilda se põe de joelhos ao lado dele e os dois choram sem alarde. Jeferson, estupefato, senta-se para tentar entender o que está acontecendo. Afinal não era ele quem viajara em busca de uma herança de família?

— Você é meu sobrinho, menino... Filho da nossa irmã que foi embora e nunca mais voltou... — Hilda soluça e coloca as mãos sobre a cabeça de Baldwin. Depois de se recompor, ela segura suas mãos.

— Você tem aí o patuá que era dela?

— Sim, de mamãe Oxum, está sempre comigo.

— Baldwin, que maluquice é essa? — refeito, Jeferson consegue sair do estupor.

— Nossas mães, Jeferson, foram criadas juntas por um tempo... eram irmãs de criação.

— O que juntou vocês foi algo muito maior. Você tem fé, Jeferson? — Hilda enxuga as lágrimas e já consegue falar com mais calma.

— Não acredito em nada não, dona Hilda.

— Então tudo isso que está acontecendo agora, neste lugar, é só coincidência? Coincidência não existe, meu filho, é só uma invenção dos homens para explicar o que eles não entendem. — Hilda se levanta e coloca as mãos sobre a cabeça de Jeferson.

— E todas aquelas coisas que aconteceram com a gente na estrada, não acredita nelas também? — Baldwin se levanta e senta-se na cadeira que derrubara.

— Eu só acredito nas coisas de verdade, que eu posso pegar nelas, Baldwin.

— Então cumpra seu destino, meu filho, vá buscar o que é seu — Hilda acaricia o rosto de Jeferson, como se quisesse encontrar nele algo de Odina.

Com passos tímidos, ele caminha até a parede e retira o quadro com a imagem de Aristeu. Reverente, coloca-o no chão, pedindo permissão ao patriarca para o que vai fazer. Na parede, uma pequena porta de madeira, que abre sem pressa, sob o sorriso benevolente de Hilda. Sem temer, coloca a mão dentro do espaço escuro e retira duas pequenas bolsas de veludo. Na primeira, a etiqueta traz o nome Odina, na outra, Yolanda. Estende a mão para Baldwin e a entrega sem nada dizer. Depois, vai até a mesa e derrama nela o conteúdo — são várias gemas em estado bruto. Baldwin também abre a sua bolsa, derramando na outra mão o mesmo conteúdo — diamantes brutos que brilham com intensidade sob a luz da tarde que ilumina e incendeia o escritório de Aristeu.

XLVII
Único amigo no planeta Terra

A tarde vem descendo no horizonte da Chapada Diamantina. Jeferson, Baldwin e Hilda, confortavelmente sentados em cadeiras de lona na calçada em frente à casa, desfrutam do vento fresco e de um suco de mangaba. Jeferson não faz planos: apenas apalpa a sacolinha de veludo que guardou no bolso da calça. Algumas daquelas pedras dará a Baldwin, tocado por tudo o que aconteceu naquele dia cheio de surpresas. Este, por sua vez, sente-se renascido, o encontro com a família trouxe memórias afetuosas de uma infância ricamente vivida em Paquetá. Olha com carinho para a tia, vê traços de sua mãe, e se pergunta os motivos pelos quais seu pai teria rompido com a família de Yolanda. Hilda sorri para dentro, confortada pela presença de Baldwin, um sobrinho a mais em sua conta de tia.

— Quanto vale isto tudo? — Jeferson quebra o silêncio.

— Vocês podem vender por aqui mesmo, temos em Lençóis um ótimo avaliador, ou levá-las para o Rio e fazer negócio por lá.

— Você tem ideia dos valores? A gente não sabe nada disso — Baldwin se espreguiça.

— Dez, vinte mil reais por quilate, depende de alguns fatores. Essas pedras do papai costumam ter de 5 a 10 quilates... Mas não saiam vendendo por aí. Estudem a história dos diamantes, como eles são avaliados...

— Com essa você não contava, não é, Baldwin? — Jeferson sorri para a tarde.

Baldwin tem uma resposta pronta, mas uma nuvem de poeira na curva da estrada chama sua atenção. Segundos depois, a visão da picape negra gela seu sangue, e a reação é instantânea.

— Tia, corra para dentro de casa e ligue para a polícia!

— O quê? — Hilda custa a entender as palavras de Baldwin.

— A polícia, ligue para a polícia! — repete Baldwin, enquanto Jeferson, que também percebeu a chegada da picape, já corre para dentro de casa em busca da mochila.

Mesmo sem saber o que está acontecendo, Hilda obedece e vai até a cozinha, onde está instalado o único telefone da casa. Baldwin fecha a porta da frente, tranca a grande janela, e se depara com Jeferson no corredor, arma na mão.

Eu devia ter feito isso lá na praia...

Depois de ligar pedindo socorro à polícia, Hilda se abraça a Baldwin, e este a leva rapidamente para o escritório. Tenta trancar a porta, a chave gira em falso, e aponta a mesa de Aristeu — é sob ela que tentarão se esconder.

Com uma freada brusca, a picape estaciona diante da casa e os três homens saltam rapidamente. Piranho indica a Carluxo que vá pela horta, enquanto Zérruela rodeia a casa pelo outro lado. A tarde está caindo e Piranho quer resolver tudo antes que a noite complique a situação. Bate na grande porta uma, duas vezes, e sem resposta experimenta um chute, que resulta inútil. Engatilha a pistola, recua dois passos e começa a gritar.

— Maluco! Eu sei que tu tá aí. Vem aqui fora para a gente conversar e ninguém se machuca!

— Sai fora, Piranho, eu sei qual é a sua! — colado à grossa parede junto à porta, Jeferson responde.

— Deixa de ser burro, maluco. Dá uma chance para seus amigos aí dentro e vem aqui para a gente acertar nossas paradas. Você devolve o dinheiro do Turco e fica tudo na boa.

Ofegante, Jeferson percebe que o braço esquerdo começa a tremer involuntariamente. É um ataque que se aproxima, na pior hora de sua vida. Sob a mesa, Baldwin e Hilda se abraçam, pedindo em silêncio aos santos que os protejam de todo o mal.

— Baldwin, me diz, o que é isto tudo, o que está acontecendo?

— Coisa ruim, tia, muito ruim, não sei como vamos sair dessa.

— O Jeferson... está armado...

— Sim, e os homens lá fora também. Está todo mundo armado, e isso é uma desgraça.

Piranho conta mentalmente até dez e dispara duas vezes contra a fechadura. Mete o pé na porta mas fica de lado, esperando um disparo que não vem. No fundo do corredor, trincando os dentes, Jeferson, apoia o braço esquerdo com a mão direita, numa tentativa de deter a tremedeira. Do lado de fora, Carluxo e Zérruela se encontram em frente à porta da cozinha. Zérruela aponta para a janela basculante e faz um gesto de que vai averiguar algo por ali. Carluxo aprova e gruda o corpo no batente. Quando um disparo arrebenta a cabeça de Zérruela, espirrando sangue nos vidros do basculante, atira-se ao chão num gesto rápido.

Dentro de casa, Hilda grita ao ouvir o tiro, e Baldwin teme que com isso ela tenha denunciado o esconderijo dos dois. Jeferson, cambaleante, arrasta-se junto à parede em busca de um lugar seguro, pois já sabe que o inimigo entrou. Passo a passo, pisando com muito cuidado no chão de madeira, Piranho chega à porta do banheiro e a escancara com um chute: não há ninguém. Carluxo dispara contra a porta da cozinha, aguarda alguns instantes e entra apertando o gatilho. A porta do escritório é aberta com violência, e Piranho percebe o movimento embaixo da grande mesa.

— Sai daí, seu filho da puta!

Baldwin levanta os braços, e lentamente se incorpora, até ficar de pé.

— Quem mais está aí?

— Mais ninguém...

— Está mentindo, crioulo safado, quem está aí?

Com muito cuidado, trêmula, Hilda se levanta, apoiada no braço esquerdo de Baldwin.

— Calma, não temos nada a ver com isso...

Piranho sabe que não pode deixar testemunhas. Aponta a arma primeiro para Hilda, depois para Baldwin, mas neste momento de indecisão um disparo vindo da cozinha faz com que abandone o escritório. Esgueirando-se pelo corredor, encosta-se à entrada da cozinha: o corpo de Carluxo no chão é a senha para que se decida a passar o rodo em todo mundo naquela casa.

— Eu tô aqui, Piranho, só eu e você! Eles num têm nada a ver com isso! Vamos acertar nós dois!

A voz de Jeferson, vinda de um canto escuro, é mau sinal. Piranho dá dois passos para trás e vira o corpo já disparando. Saído das sombras, Jeferson também dispara. Abraçados no escritório, Hilda e Baldwin estremecem com os últimos tiros. Depois, o silêncio, sem gemidos. Longe, uma sirene se aproxima da casa.

— Fique aqui, fique aqui — diz ele sentando Hilda numa cadeira e caminhando sem ruído até a porta arrombada. Ao colocar a cabeça para fora, encontra dois corpos no chão: de um lado,

Piranho, com três rombos no peito minando sangue. Do outro, emborcado de frente, Jeferson mostra nas costas um orifício pequeno mas mortal. Baldwin se aproxima dele, vira-o devagar, o rosto dele está lívido.

— Caralho, mano, ele me acertou... Peguei ele?

— Já está no inferno — sussurra Baldwin.

— É pra lá que eu vou?

— Quem sou eu para saber...

— Você sabe... você é de santo...

Jeferson tosse, escarra sangue, Baldwin segura sua cabeça, a mão ajudando a pousar seu corpo no chão.

— Meu deus, o que foi isso tudo? — a voz de Hilda é só um fio.

— Desculpe, tia, eu não quis nada disso... foi a vida...

— A polícia está chegando, vou chamar uma ambulância!

— Precisa não, não vai dar tempo... Mano, sabe as pedras? Agora são suas... compra o carro novo... Pra onde eu vou preciso não..

E repousa a cabeça nas mãos de seu único amigo no planeta Terra.

XLVIII
Quantos deuses não haverá por aí?

A vereda iluminada pela lua quase cheia mais parece um fio prateado em meio às folhas de uma vegetação rasteira. De braços dados, Baldwin e Hilda caminham sem pressa, respirando o ar carregado de aromas da noite baiana. Passados os temores dos últimos dias, com a polícia interrogando a ambos em busca dos motivos para o tiroteio e as mortes na casa do velho Aristeu, agora estão livres para seguir a vida. A primeira providência de Hilda foi chamar sua ialorixá para limpar o casarão de toda maldade que ali se depositara.

E agora ela e o sobrinho seguem para a Cachoeira do Mosquito, onde celebrarão os ritos de agradecimento. Seguem em silêncio, e Baldwin aos poucos vai reconhecendo o cenário, embora não consiga estabelecer um relação imediata com ele. Um arrepio percorre suas costas e chega ao pescoço, provocando um pequeno esgar.

— Tudo bem com você?

— Tudo, tia, mas eu estou com a impressão de que já estive nessa estrada alguma vez.

— Só se foi em outra vida — Hilda sorri.

— A senhora acredita nisso?

— Sei lá, o universo é tão grande, tão cheio de alternativas... Basta olhar para cima. Você vê esta multidão de estrelas? Quantos mundos, quantos deuses não haverá por aí?

— É... — Baldwin, apoiado na tia, fecha os olhos e segue caminhando. E do fundo de suas lembranças surge o sonho que tanto o aterrorizou na infância. Era a mesma estrada, a mesma vegetação, no entanto não havia angústia nem desespero. Ele puxava uma corda onde na outra ponta havia um homem negro como ele se debatendo.

— Tia, eu já sonhei com essa estrada... — fala com a voz embargada.

— Jura, Baldwin?

— Sim, era um sonho ruim, que se repetiu muitas vezes...

— Essa estrada era conhecida porque por ela fugiram muitos escravos em busca da liberdade. Os quilombos, a luta contra a opressão.

— Aqui estamos nós então, em busca da liberdade?

Hilda não responde a Baldwin, apenas se recorda das histórias de seus ancestrais, vindos da África, e que deram o sangue na lavra dos diamantes para enriquecer os brancos colonizadores.

— Acho que eu tenho uma novidade para você, tia.

— É mesmo, coisa boa?

— Sim. Eu decidi que não vou voltar para o Rio.

— Olha...

— Pois é. Com as pedras que meu avô deixou para mim vou me estabelecer por aqui mesmo. Comprar uma caminhonete, fazer transporte, conhecer mais estas terras.

— Ah, mas vai ficar lá em casa, não é?

— Posso ficar, tia?

— A Bahia e todos os nossos santos vão receber você, Baldwin. Esta é a sua terra, o seu terreiro, o nosso lugar.

Meia hora depois, a poucos passos da Cachoeira do Mosquito, o som dos atabaques começa a envolver Hilda e Baldwin. Na margem do rio Mucugezinho, iluminado por velas e lamparinas, os devotos, como uma chuva de algodão branco sobre a água, parecem esperar por ambos. É quando surge meio que do nada uma grande surpresa para Baldwin.

— Oraraieu! — exclama Mãe Flávia de Oxum com um sorriso, estreitando-o entre seus braços.

— Oraraieu! Mas.. a senhora por aqui? Desde quando?

— Desde sempre, eu acho...

Hilda também abraça a ialorixá e ficam os três em silêncio, envolvidos apenas pelo cântico que os devotos recomeçam quase em surdina.

— Hilda é minha tia... que nem sabia que tinha — exclama Baldwin.

— Esta viagem trouxe muitas revelações, não é? — conclui Mãe Flávia de Oxum. — Apesar do medo e da violência, vocês encontraram a felicidade.

— É verdade. Pena que o Jeferson se acabou daquele jeito horrível. Mas teve um gesto bonito, defendendo a gente contra os bandidos.

— Ele fez o que podia fazer, coitado. Já aquele outro era o Carlos Eduardo, coisa ruim desde que nasceu. Foi ele quem destruiu meu terreiro na comunidade.

— O Jeferson também?

— Sim, ele também estava no tal Bonde de Jesus. Mas nós somos o Exército da Paz, o verdadeiro Jesus está conosco. Agora vá, meu filho, Oxum está te chamando, vá agradecer porque ela estendeu o manto protetor sobre seus ombros por toda esta estrada encantada.

Baldwin, lágrimas nos olhos, caminha em direção à queda de água. Coloca-se sob a corrente e eleva as mãos para o alto. Ali perto, escondidas entre a folhagem, as meninas Yolanda e Odina espiam divertidas a cena. Depois, mãos dadas, correm para dentro da mata. No chão, o Cobra Norato se esgueira e segue as duas, enquanto o coro dos devotos sobe aos céus com suas palavras mágicas.

— Numa mata tão bonita
Uma cascata encontrei
E em suas águas claras
Ajoelhada me banhei
E o som de um canto lindo
Tomou conta do lugar
A visão que eu avistava
Era de Oxum Opará!

EDIÇÃO
Adriana Maciel

PRODUÇÃO EDITORIAL
Jul

PROJETO GRÁFICO
maraca.rio.design

REVISÃO
Nicolas Casal

Dados Internacionais de Catalogação na Publicação (CIP) de acordo com ISBD

V474p Veras, Marcus

O patuá de Oxum: dois homens, uma estrada, um só destino / Marcus Veras. - Rio de Janeiro : Numa Editora, 2025.
112 p. ; 14cm x 21cm.

ISBN: 978-65-83546-12-8

1. Literatura brasileira. 2. Romance. I. Título.

2025-2229
CDD 869.89923
CDU 821.134.3(81)-31

Elaborado por Vagner Rodolfo da Silva - CRB-8/9410

Índice para catálogo sistemático:
1. Literatura brasileira : Romance 869.89923
2. Literatura brasileira : Romance 821.134.3(81)-31

contato@numaeditora.com
@numaeditora
numaeditora.com

este livro foi
composto em
Geller e impresso
em papel Pólen
90g para a
Numa Editora,
em 2025.